護衛と坊っちゃん
～生まれ変わってもお仕えします～

Sachi Umino
海野幸

CHARADE BUNKO

Illustration

サマミヤアカザ

CONTENTS

護衛と坊っちゃん〜生まれ変わってもお仕えします〜 ―― 7

あとがき ―― 313

出会った瞬間わかった。
俺はたぶん、またこの人のために死ぬんだろう。
自分の命はこの人のためにある。
それはもう、生まれる前から決まっていたことだ。

駐車場脇の側溝に桜の花びらが溜まっている。

四月の半ば、木々はすっかり葉桜へと衣替えを済ませているのに、花びらだけはしつこく道の角々に吹き溜まっている。茶色く変色した春の残滓を横目に、銀次は足早に大学の正門前へ向かった。

前髪を軽く後ろに流し、黒と見紛う濃紺のスーツを着て大股で歩く銀次に、通行人はごく自然に道を開けてくれる。別段銀次が道の真ん中を我が物顔で歩いているわけではないのだが、身長百八十センチを超える大柄な男がずんずん歩いてくるのを見て、反射のように半身になって避ける人は多い。

しばらく歩くと、車道を挟んだ向こう側に大学の正門が見えてきた。

歩行者の邪魔にならぬよう、対岸に渡る横断歩道から数歩離れた所に立つ。夕暮れどきの校舎からは、ぞろぞろと学生たちが出てくるところだ。

パーカーにジーンズを穿いた男子学生、軽やかにワンピースの裾を翻す女子学生。二、三人で固まってお喋りしながら歩く学生たちもいれば、携帯電話を弄りながら俯いて歩く学生もいる。

体の前で手を組み直立不動の体勢で正門を見詰める銀次の傍らを、幼子の手を引いた母親が訝しげに通り過ぎていく。三十路も過ぎたスーツ姿の厳つい男が大学生たちを凝視しているのだ。不審に思う気持ちはわかる。

そうでなくとも目つきの悪いこの悪人顔だ。せめて穏やかな表情でもできればよかったが、銀次の表情は滅多なことでは動かない。唇を引き結び、眉間に力を入れた状態で固定されている。同僚からつけられたあだ名は「顔のいい金剛力士像」。顔立ちそのものは悪くないが、いかんせん表情が厳しすぎるとのことだ。

周囲の視線をものともせず正門を睨(にら)んで待つこと十分。門の向こうから五、六人の集団が出てきた。

学生らしいラフな服装でリュックを背負ったり、膨らんだ布のカバンを斜めがけにしたりしている男女の中に、一人毛色の違う人物がいる。

黒いハイネックにジャケットを合わせ、ウールのスラックスを穿いた青年だ。派手さのない落ち着いた装いにもかかわらず誰より目立っているのはスタイルのよさによるものか。周りより頭一つ分背が高く、腰の位置が高く手足はすらりと長い。

何より目立つのはその顔だ。さらりとした黒髪が落ちる秀でた額、そこから続く高い鼻、滑らかな皮膚で覆われた白い頬。切れ長の目に長い睫(まつ)毛がかぶさって、目を伏せた横顔は美術館に並ぶ絵画の中に閉じ込めても遜色がないくらい端整だった。

繊細な面立ちだが、伏せた目を上げたときの眼光は鋭い。気安く声をかけたら一刀のもとに切り伏せられそうな近寄りがたい雰囲気がある。

（相変わらず、あの人は——……）

出会ってから長い時間が過ぎているというのに、いつだってあの人の顔を見ると胸が焦がれる。長い夜が明ける瞬間を待ち侘びながら東の空を見詰めるように、視線はいつでもたった一人を追いかけてしまう。

眩しいものを見たときのように目を眇めたそのとき、件の青年がこちらを向いた。

その目が銀次を捉えた瞬間、冷え冷えと固まっていた顔がいっぺんにほころんだ。

唐突に表情を崩した青年に周りの学生たちが驚いたような顔をする。青年は彼らにおざなりな挨拶をすると、一目散に銀次の方へ駆けてきた。横断歩道の信号はすでに点滅を始めていたが構わず駆け抜け、走りながら明るい声を上げる。

「銀次、ただいま！」

落ち着き払った表情を脱ぎ捨て子供のように笑う彼こそ銀次の待っていた相手。不動産から物流まで、さまざまな事業を手掛ける御堂コーポレーション社長の一人息子、御堂秋成だ。

銀次も秋成に歩み寄り、まずは慇懃に「お帰りなさいませ」と頭を下げた。

「信号が変わり始めているのに横断歩道を渡るのは危ないですよ、坊ちゃん」

銀次の小言に、秋成はむっとした顔で口を尖らせる。

「坊ちゃんはよせ、子供じゃあるまいし」

「きちんと横断歩道が渡れるようになったら考えましょう」

「ちゃんと赤になる前に渡り切っただろう！」

頷（うなず）きつつ正門に目を向ければ、先ほどまで秋成と一緒にいた学生たちが目を丸くしてこちらを見ていた。秋成が声を荒らげる姿が珍しいのだろう。

秋成は、外ではひどく大人びた振る舞いをする。一方、銀次の前でだけはひどく子供っぽくなる。秋成が六歳の頃からのつき合いなので、お互い気心が知れているせいだろう。

出会った当初はまだ幼稚園児だった秋成も今年で二十歳。小さかった体もすっかり成長して、百七十センチ後半まで背が伸びた。今や銀次ともさほど視線が変わらない。

「よかったんですか、お友達と一緒に帰らなくて」

視線で正門を示すと、「構わない」と素っ気なく返された。

「友達でもないしな。同じ学部の連中だけどほとんど話したこともない。校舎を出るとき一緒になっただけだ」

「まだこっちを見てますよ」

「どうせお前の男ぶりに見惚（みと）れてるんだろう。早く行くぞ」

言うが早いか、秋成はさっさと銀次の前を歩きだしてしまう。

（見惚れるんだったらあんたにでしょう）

胸に浮かんだ言葉が溜息（ためいき）に溶ける。

秋成はよく銀次の見た目を褒めてくれるが、自分よりよほど容姿に恵まれた人間にそう言われても素直に喜べない。

「そうだ、今日はちょっと寄り道しよう」

前を行く秋成が振り返る。その顔にはもう機嫌のよさそうな笑みが浮かんでいて、人の気も知らないで、と内心溜息をついた。

銀次がわざわざ大学から少し離れた場所にある月極駐車場を借り、正門の真横ではなく道路を挟んだ向こうで秋成を待っているのは周囲に自分の存在を知らしめたくないからだ。護衛なんてつけて登下校している秋成が悪目立ちしないよう腐心しているというのに、本人はそんなことを気にした様子もなく平気で銀次を連れ回す。途中で同級生に遭遇するのもお構いなしだ。

いっそ大学のそばのマンションを借りてしまえば車で送迎する必要もなかったのに、秋成が「学校の行き帰りに寄り道ができる場所がいい」などと言い出して、車で二十分強の場所にマンションを借りることになってしまった。

「あっちの商店街に新しくたこ焼き屋ができたらしい。小腹も減ったし食べていこう」

「そんなもんで腹を満たさないでください。夕飯が食べられなくなりますよ」

「またお前はそうやって人を子供扱いして」

へそを曲げてしまったのか、秋成は大股で歩いて銀次から距離をとる。追いかけようと足を踏み出しかけたそのとき、下から突き上げるような突風が起こった。

道の端に溜まる色あせた桜の花びらと砂塵が視界を覆う。思わず目をつぶったが、秋成が「うわっ」と声を上げたのを聞きつけ無理やり目を開けた。

秋成が立ち止まったのは雑居ビルの前で、ビルには壁からせり出すように袖看板が掲げられている。そのうちの一つが風にあおられ不安定にぐらついていた。

次の瞬間、金属がひしゃげるような鈍い音とともに壁から看板が離れた。

重力に従い、一メートルはある縦長の看板が秋成目がけて落下してくる。

理解するや駆けだしていた。秋成の背中に飛びつき、その体を腕に抱いて渾身の力で地面を蹴る。少しでも落下地点から距離を取るべく跳躍して、地面に倒れ込むと同時に背後で派手な炸裂音が上がった。プラスチックの看板が地面に叩きつけられて砕けた音だ。

騒然となる周囲をよそに、銀次は勢いよく起き上がって秋成に声をかけた。

「坊ちゃん、どこか怪我はありませんか！」

秋成はまだ何が起こったのかよくわかっていないような顔で目を丸くしていたが、つい先ほどまで自分が立っていた場所で粉々になっている看板を見るや表情を険しくした。

「怪我をしたらどうするんだ！」

秋成の手を引いて立ち上がらせようとしていたら、いきなり怒鳴りつけられた。

「すみません。俺がそばを離れたせいで坊ちゃんが危ない目に」

「そっちじゃない！　お前が怪我をしたらどうするんだ、無茶するな！」

叫ぶなり、秋成も立ち上がってスーツの上から銀次の体をパタパタと叩き始める。

「大丈夫だろうな？　看板が当たったりしてないか？」

「もちろんです。坊ちゃんこそ」

「私は大丈夫だ。お前が庇ってくれたから」

銀次の無事を確認した秋成はホッとした顔を浮かべたものの、すぐに眉を吊り上げた。

「こんなふうに突っ込んでこないで危ないとかなんとか声をかければよかっただろう！」

美しい顔に浮かぶ苛烈な表情に一瞬見惚れそうになったが、状況を思い出して緩く首を横に振った。

「人間は『危ない』と声をかけられると硬直して動けなくなるんですよ。そうなったら確実に坊ちゃんに看板が直撃してました」

「だからって、お前はいつも自分を盾に使うような真似を……」

「それが仕事ですから」

自分は秋成の護衛だ。体を張って秋成を守ることは業務の一環である。

秋成はしばらく険しい表情で銀次を睨んでいたが、地面に落ちた看板と、どこも怪我をしていない自分の体を見下ろして大きく息を吐き出した。

「……ありがとう。お前のおかげで助かった」

本気でありがたいと思っているのだろうか。押し殺した声からは判断がつかない。何も返せずにいると、俯いていた秋成が勢いよく顔を上げた。

「でも、もう少し自分のことも大事にしてくれ。私のせいで怪我なんてしてほしくない」

でも、と言い返しそうになったが寸前で呑み込んで「はい」とだけ返した。

「どうせ『それが俺の仕事なので』なんて思ってるんだろう」

すぐさま追撃され、しばし沈黙してからまた「はい」と答える。

護衛の自分が秋成を守らないのは職務放棄にほかならず、そうなればすぐにでも秋成の護衛は外される。秋成だってそれくらいわかっているようで、後はもう「ほどほどにしておけ」としか言わなかった。銀次に背を向け、駐車場に向かって歩きだす。

「たこ焼きはいいんですか？」

「いらない。今日はもう帰る」

銀次はまた「はい」とだけ返してその後を追いかける。今度は秋成から離れすぎないように歩調を合わせて。

銀次は元来口数が少ない。だが、何も考えていないわけではない。無理やり呑み込んだ言葉は腹の底で消化不良を起こし、歩くたびに、でも、と喉元までせり上がってくる。

でも本当は、単なる仕事だから秋成を守っているつもりはない。だからこそ、自分のことを大事にしてくれと言われても困ってしまう。

（だって俺はこの人を守って死ぬのに）

けれどそれは自分だけが知っていればいい。

いずれ訪れるその瞬間まで、秋成は知る必要もないことだ。

商店街から駐車場に向かい、停めておいた黒の乗用車に乗り込むなり秋成がぼやくような口調で言った。

「ふがいないな、私は。自分の婚約者に守られるなんて」

今まさに車を発進させようというときに妙な発言をされ、クラッチ操作を誤ってエンストを起こしかけた。

「婚約者というのは」

「銀次の他に誰がいる。私からプロポーズしただろ？」

「それは確かに……。はい、覚えてます」

秋成の護衛を始めて間もない頃の話だ。自分はまだ十七歳で、秋成は六歳だった。

当時の銀次は護衛というより、秋成のお守り役と言った方が近かった。両親は仕事で忙しく不在がちで、他に兄弟もいない秋成にとって、護衛の中で一番若かった銀次は格好の遊び相手だったのだ。

秋成専属の護衛となってから銀次の生活は一変した。四六時中秋成につき従い、日が暮れるまで遊びにつき合う毎日が始まった。

秋成の護衛について間もない頃、二人で手をつないで公園へ向かっていたら、突然秋成が銀次の手を振り払って車道に飛び出してしまったことがある。後から聞いた話だと、遠くに蝶々が飛んでいたらしい。

秋成に大型バイクが迫るのを目の当たりにした銀次は迷うことなく車道に飛び込んで、自分の体で秋成を守るように胸の中に抱きしめた。

落ちてきた看板から秋成を守ったときと一緒だ。当時は今回のように上手くいかず、バイクと接触して大腿骨を骨折し、全治三か月というなかなかの重傷を負った。

入院した銀次の見舞いに来てくれた秋成は、ギプスで固めた足を吊った銀次を見て「ごめんなさい……」と震える声で言った。それに対して銀次は、穏やかな声でこう応えた。

「俺がやりたくてやったことです。坊ちゃんが無事で、本当によかった」

本心からそう告げた銀次を見て、秋成は感動したように身を震わせ、声高らかに言ったのだ。「結婚してくれ!」と。

秋成がまだ小学校にも通っていなかった頃の話だ。身を挺して自分を庇ってくれた銀次に特撮もののヒーローに対するような憧れを抱き、結婚の意味もよく理解しないままプロポーズなどしてくれたのだろう。

その後も頻繁に銀次にプロポーズをしてくる秋成を、銀次も周りも微笑ましく見守っていた。秋成もそのうちこのプロポーズごっこに飽きるだろうと思いながら。

ところがあれからそろそろ十四年。

「もういい加減結婚するか」

後部座席で秋成は未だにこんな言葉を口にしている。秋成が幼い頃は「ありがとうございます」なんて返していたが、今は口が裂けてもそんなことは言えない。少しでも肯定的な発言をしたら最後「式はいつにする?」なんて秋成が悪乗りしてきそうだからだ。

「謹んで辞退させていただきます」

馬鹿真面目に返せば、バックミラーに秋成のつまらなそうな顔が映った。

「非道な奴め。人にあれだけ貢がせておいて」

「人聞きの悪いことを言わんでください。それに、最初の頃にいただいたものは全部お返ししましたよ」

「真心をつき返されて、幼心にどれだけ傷ついたことか……」

「お父様のブラックカードなんて受け取れるわけがないでしょう」

プロポーズとともに、秋成は銀次へのプレゼント攻撃もしかけてきた。精いっぱいの愛情表現だったのだろうが、父親の財布から抜いてきたブラックカードを手渡され「これがあるとなんでも買えるんだぞ!」と笑顔で言われたときは肝が冷えた。

その後も母親の宝石箱からダイヤの指輪を持ってきたり、自宅の金庫から札束を持ち出してきたりして、そのたび銀次が青い顔で秋成の両親に頭を下げに行ったものだ。

「あの頃のお前は、私が何を渡しても喜ばなかったな」

「それはそうでしょう。いつもご両親の物を勝手に盗ってくるんですから」

「自分で買ったものをプレゼントしたこともあっただろ、誕生石とか」

「ああ、宝石商から買い上げた……」

「あれはちゃんと自分のお年玉で買ったんだぞ」

銀次はゆったりとハンドルを切りながら記憶を反芻する。

あれは秋成が小学校に上がってそろそろ一年が経とうかという一月の寒い日。

「これ、銀次に誕生日プレゼント」

そう言って秋成が手渡してきたのは、小粒納豆程度の大きさの赤い石だった。

差し出されたそれが露店などで売られている安っぽいアクセサリーやガラス玉だったなら、銀次だって喜んで受け取った。けれど秋成が差し出したそれは、世界各地を飛び回る宝石商から購入したという正真正銘のガーネットだった。

小学生がどうやって宝石商と商談を、と普通なら思うところだが、御堂家ならば不思議はない。秋成の父親のもとには、秋成の祖父の代からつき合いがあるというバイヤーたちがたびたび顔を出しに来る。その商談の場にひょっこり秋成がやってきて、ずらりと並んだ宝石の中から「これが欲しい！」と件のガーネットを指さしたというわけだ。

滑らかな楕円形の赤い石を、銀次は最初大ぶりのビーズか何かだと思った。後からそれが本物の宝石だとわかり、さらに数種類のガーネットが溶け込んだ非常に希少なものだと知ったときは飛び上がったものだ。小さいながら、一粒で銀次の月給が簡単に飛んでいく代物である。

秋成はそれを親にねだらず自分で買った。すでに自分の銀行口座があり、そこに親族や知人からもらったお年玉などを振り込んでいたらしい。

「これを買ってもまだお金はいっぱい残ってるから大丈夫だ」と無邪気に胸を張られたときは、秋成の異質な家庭環境を改めて目の当たりにした思いだった。

当時のことを思い出したのか、秋成は車の窓枠に肘をついて溜息をつく。

「あの宝石も受け取ってもらえなかったな。それどころか叱られた」

「叱ったつもりはありませんが」

「とんでもない剣幕で説教された記憶があるぞ？」

「心配だったんですよ。軽々しく他人のために大枚を叩(はた)いてしまうその金銭感覚が」

銀次だって当時はまだ十代。自分とは住む世界の違う秋成をどう諫(いさ)めればいいのか悩んだものだ。せめてできることは、お世辞にも平坦(へいたん)とは言いがたい自分の人生を披露して苦言を呈することだけだった。

秋成の前にしゃがみ込み、「お金っていうのは、使うとなくなるんですよ」と口にした銀次を、秋成はきょとんとした顔で見ていた。

「俺は使いすぎて全部なくしました。そうしたら食べるものが買えなくなって、住む場所もなくしました。俺には帰る家がないんです。お金がないから」

最初こそぴんとこない顔をしていた秋成だが、銀次に帰る家がないと聞くや顔色を変えた。「銀次、お家(うち)ないの？」とうろたえ、「今日からうちに住んで！」と泣かれたほどだ。なくしたのは親と一緒に暮らしていた家で、今は護衛のために用意された下宿で暮らしていると説明したのだが「お父さんとお母さんもいないの⁉」とますます泣かれてひどく弱った。

一方で、全身に薄く汗をかくほど泣いて自分を心配してくれる秋成に、面映(おもは)ゆいようなくすぐったいような気分にもなった。思い出せば今も、滅多に動かない銀次の表情が優しく緩む。

「その後にいただいたものは、全部ありがたく受け取っているでしょう」

ちらりとミラーを見遣(みや)れば、口をへの字に結んだ秋成と目が合った。

「本当はもっとちゃんとしたものを贈りたかったんだ」

「俺は嬉(うれ)しかったですよ。坊ちゃんの手作りのプレゼント」

放っておくと高額なプレゼントばかり差し出してくる秋成に、苦肉の策として銀次が告げたのが「坊ちゃんが自分で作ってくれたものが欲しいです」という言葉だ。

「画用紙に花束の絵を描いてくれたり、段ボールで腕時計を作ってくれたり、紙粘土で恐竜を作ってくれたこともありましたね」

「……そんなもの」

「全部大事に取っておいてあります。ビーズで作った指輪も、紙粘土で作った飾りつきのネクタイピンも」

「嘘つけ！　指輪もネクタイピンも一度も使ってるところ見たことないぞ！」

「身につけたら壊れそうで怖かったんですよ。せっかく坊ちゃんからもらったんですから大事にしたかったんです」

「ほんとか？」

「本当です」

銀次の声がいつになく柔らかいことに気づいたのか、ふん、と秋成が鼻から息を吐く。不貞腐れているようにも聞こえるが、これは満足したときのサインだ。

車内の空気が落ち着いたところを見計らい、銀次は話題を変える。

「そういえば午前中、鷹成様からご連絡がありましたよ」

「父さんから？　なんの用で」

「会社で少しごたごたがあったようです。そちらは特に変わりないか、と」

「また嫌がらせか。今回はどんな？」

「ガラの悪い連中が本社のロビーに押しかけて一悶着あったそうです。大声であることないこと並べ立てて、会社や鷹成様を誹謗中傷したとか」

「怪我人は」

「いません。すぐに警察が駆けつけて連行されたそうです」

「ならよかった」

状況を確認する秋成は冷静だ。動揺するほど珍しいことでもないからだろう。

さまざまな業種を手広く担う御堂コーポレーションの土台を築いたのは秋成の祖父、吉成だ。十年ほど前に他界した吉成は、極道の世界では名の知れた御堂組の三代目組長だった。

御堂組は関東屈指の大きな組だったそうだが、吉成には時流を読む目があった。極道の世界は先細りだと読んだ吉成は暴対法が成立する前に組を解体して会社を設立。潤沢な資金であっという間に商売の手を広げ、御堂コーポレーションを押しも押されもせぬ大企業にまで仕立て上げた。吉成亡き後は、その一人息子である鷹成がグループをまとめ上げている。

組を解体した直後は同業者から腰抜け扱いされ、さんざん冷笑を浴びせられたらしいが、今となっては早々に裏稼業に見切りをつけた御堂家の一人勝ち状態だ。

かつての同業者は妬みと嫉みを込め御堂家を「裏切り者」と呼ぶ。そうやって陰口を叩くだけでは気が済まず、定期的にグループ会社に押しかけては嫌がらせをしてくるのだ。

嫌がらせの手は会社だけにとどまらず、家族にも及んだ。秋成も幼い頃に何度か誘拐されかけたことがある。外出の際に必ず護衛がつくようになったのはそのためだ。

「こっちのマンションはまだ特定されてないはずだが、いつうちにも嫌がらせが来るかわからないからな。警戒しておくに越したことはないか」

窓の外に顔を向け、秋成は淡々と呟く。代わり映えのしない景色を眺めるその顔に表情はない。思うところは山ほどあるだろうに。

「坊ちゃんには直接関係のないことで煩わされて、いい迷惑ですね」

嫌がらせをしている連中に対する憤りで声が低くなってしまったが、秋成はそれに同意することなく冷え冷えとした口調で言った。

「関係ないことはないだろう。祖父のおかげで今の生活があるんだ」

「それはそうかもしれませんが」

「いくら裏稼業から足を洗ったとはいえ、御堂コーポレーションの地盤を作った祖父が組長時代に何をしてきたのか考えれば、悪意をぶつけられるのも当然だ」

自分のあずかり知らぬところで買った恨みを、秋成はごく当たり前に受け入れている。組を解体したとはいえ、吉成及び御堂組がやってきたことが消えるわけではない。食い物にされた弱者はきっと掃いて捨てるほどいる。それは事実だ。

「でも俺は、吉成様に救われました。吉成様の設立したＮＰＯ団体に拾ってもらってこの仕事にありつけたんですから」

ああ、と秋成はわずかに目元を和らげる。

「銀次はその経由でうちに来たんだったか」

「ええ。高校を中退して家を出て、同じような境遇の連中と街を徘徊していたら声をかけられたんです。そこで生活支援や就職支援を受けました」

あのとき団体の職員に声をかけられていなければいずれ警察に補導され、父親の待つ狭いアパートに戻らざるを得なくなっていたはずだ。想像しただけで吐き気がする。

銀次は御堂コーポレーションの傘下にある警備会社に就職して御堂家の邸宅警備を担当することになり、その縁で秋成とも出会うことができた。

「吉成様には感謝してもしきれません」

万感の想いを込めてそう口にしたが、秋成からの反応はない。夕方の渋滞に巻き込まれてのろのろと動く車の中、バックミラーに目を向けると鏡越しに秋成と目が合った。

「それこそヤクザのやり口だ」

銀次の目を見て、秋成は冷然とした口調で言い捨てた。

「行き場をなくして街をうろついている若い連中なんて一番懐柔しやすい。食べ物と住む場所を与えて感謝させておいて、自分たちで仕切っている労働現場に安価な労働力として投入する。搾取されてるだけだぞ」

「だとしても、何も持たない人間にとってはありがたいばかりだったんですよ」

穏やかに会話を切り上げようとしたが、秋成はそれを許さずさらに食い下がってくる。

「祖父がＮＰＯ団体を設立したのは組を解体した直後だ。その意味がわかるか？」

「そのタイミングだと、世間のイメージをよくするためですかね」

「それもある。でももっと重要だったのは、街にあぶれた若い連中が他の組に吸収されるのを阻止することだ」

再び窓の外に視線を投げた秋成はよどみなく続ける。

「困っているときに差し出される手のありがたみはお前もよく知ってるだろう。若ければ若いほど相手に心酔して、その恩に報いようと軽率な行動に走る。情で相手を縛りつけるヤクザの常套(じょうとう)手段だ。そういう連中はすぐ鉄砲玉にされる」

標的に向けて撃ち込まれたらそれっきり、二度と返ってこない使い捨ての鉄砲玉。

そしてこの界隈の組がまず標的にするのは、裏切り者の御堂組だ。

「鉄砲玉を敵対勢力に奪われる前に回収しただけの話だ。慈善活動じゃない。だから銀次、私のこともそんなに必死になって守らなくていいんだぞ」

きっぱりとした口調で告げられ、危うくブレーキを踏んでしまいそうになった。

バックミラーに映る秋成の横顔は硬い。本気で言っているのかと半ば呆(あき)れ、銀次は溜息交じりに返した。

「その言い方だと、俺が吉成様の恩に報いるために坊ちゃんを守っているように聞こえますが」

「違うのか」

「違いますよ」

「だったらどうして体を張ってまで私を守ろうとする？」

「俺がそうしたいからです」

ＮＰＯ団体に声をかけられたことなどものの理由にもならない。どんな状況で顔を合わせたとしても、死に物狂いで秋成を守ろうとするのは変わらなかっただろう。

出会ってしまえば最後、自分はそうせざるを得ない。

何度だって同じことを繰り返すのだ。

「銀次」

耳元で声がして、運転中にもかかわらずぎょっとして横を向いてしまった。見れば秋成が身を乗り出して、運転席のヘッドレストまで顔を近づけていた。

くっきりした二重の瞳がじっと自分を見ている。長年一緒にいてもこの秀麗な顔には見慣れる気がせず、動転して声が大きくなった。

「運転中に危ないですよ！　シートベルトはちゃんとしてるんでしょうね？」

「そんなことより、理由もなく盲目的に私を守ろうとするなんて、やっぱりお前、私のことが好きなんじゃないか？　他に理由がないだろう」

　身を乗り出してこちらを覗き込む秋成の目が期待で輝いている。急速に幼さが戻ったその顔を横目で見て、余計なことを口にしてしまったことを悟った。

「いえ、そういう話では……危ないですからちゃんと座ってください」

「いい加減素直になれ！　こっちはいつだってお前のものになる覚悟はできてるんだぞ。他に私を守る理由があるなら言ってみろ」

　ヘッドレストを摑んで揺さぶる勢いで問い詰められたが、本当のことなど言えるわけもない。やむなく建前を持ち出した。

「仕事だからですよ」

「仕事でここまでする奴があるか！」

　車内が急に賑やかになる。そのことに少しほっとした。

　ここのところ、秋成は急に大人びた。高校を卒業する直前にぐんと背が伸び、制服を脱いでフォーマルな服装を身につけるようになってから実年齢より上に見られることも多い。あどけなかった顔立ちも精悍さが増したように思う。

　家のことについて冷ややかな口調で語る姿はもういっぱしの大人で、自分とはまるで立場が違う人なのだと実感して、その存在を少し遠くに感じてしまった。

　だからこそ、幼い頃と変わらず自分を口説く秋成を見てほっとした。

「銀次、今日は生姜焼きが食べたい。肉買いに行こう」

「豚小間なら冷凍がありますが」

「ロースがいい」

口説き文句はすぐ日常会話に切り替わる。「ミニトマトも買おう」と機嫌よく笑う秋成の顔をバックミラー越しに見て、はい、と銀次は目元を和らげた。


御堂コーポレーション社長の一人息子ともなればコンシェルジュつきの高級物件に住んでいてもおかしくなさそうなものだが、秋成が暮らしているのはごく一般的な五階建てのマンションだ。最上階の角部屋の間取りは2ＬＤＫ。大学生が一人で住むには少々広い気もするが、常軌を逸した高級マンションというわけでもない。

常軌を逸しているのはむしろ、その部屋に護衛である銀次が同居していることだろう。

銀次自身どうしてこうなってしまったのか未だによくわからない。

約一年前、大学に入学した秋成が「一人暮らしを始めたい」と言い出したところまではよかった。両親もそれをすんなり受け入れ、住む場所はどうする、ハウスキーパーでもつけるか、護衛は、と具体的な話になったとき「全部銀次にやってもらう」などと秋成がのたまったからおかしなことになったのだ。

上司から辞令が出たときは耳を疑った。護衛だけならともかくハウスキーパーなど自分に務まるわけがない。自分の私生活を顧みれば自明の理だ。社員寮には寝に帰るばかりで、部屋が汚れる暇もないからと掃除はろくにせず、洗濯物はコインランドリーに持ち込んで、食事だってコンビニで適当に買って終わりだ。

秋成の両親も黙ってはいないだろうと思ったが、一体どんな交渉術を駆使したものか、秋成はしっかりと両親を説き伏せていた。上司だけでなく鷹成からも「よろしく頼む」と頭を下げられてしまえば銀次に断る術はない。

秋成のマンションの近くのアパートにでも引っ越すつもりでいたが、いざ現地に着いてみたら自分の荷物まで秋成のマンションに運び込まれていて度肝を抜かれた。

「どうせ二部屋あるんだ。片方はお前の部屋として使ってくれ」と満面の笑みで秋成から言い渡されたそれはもはや決定事項で、銀次に異論を挟む余地はなく、護衛という仕事の領分がわからなくなりながらも「はい」と答えることしかできなかった。

「ただいま」

学校帰りに秋成と近所のスーパーに寄り、夕食の食材を買ってマンションに戻る。無人の家に帰ってくるときでも秋成は「ただいま」の声掛けを忘れない。

2LDKのマンションは、玄関を開けるとまず長い廊下に出迎えられる。廊下の左右にはいくつかドアが並んでいて、玄関を上がって最初にある左右のドアが秋成と銀次の私室だ。玄関を背に右が銀次の部屋、左が秋成の部屋である。

さらに進んで右手に風呂場、左手にトイレがあり、突き当たりのドアの向こうがキッチンとリビングダイニングだ。

部屋に上がり、買い物袋の中身を調理台に並べると早速夕食の準備を始める。

寮で暮らしていた頃は自炊などしたこともなかったが、秋成に栄養の偏った食事をさせるわけにはいかないという一心で、この一年間慣れないながらも料理を作り続けてきた。おかげで白米、味噌汁(みそしる)、メインのおかず一品は苦もなく作れるようになってきたが、料理のレパートリーはまだそう多くない。

「銀次、生姜焼きのレシピあったぞ。肉をタレにつけて焼くだけみたいだな」

一緒にキッチンへ入ってきた秋成が携帯電話の画面に表示されたレシピを見せきた。自分も料理を手伝うつもりらしく袖までまくっている。

「こっちで調べますから、坊ちゃんは宿題でもしてきたらどうです」

「いい、私も作り方が知りたい。一緒に作ろう」

「宿題は」

「課題と言え。差し迫って提出するようなものはない。よし、肉は任せた。私はキャベツを千切りにする」

いそいそとスライサーを取り出した秋成を見て、銀次は呆れ気味に呟く。

「本当に手伝いなんていいんですよ。俺の仕事なので」

「そう言うな。これも自活への一歩だ。今はお前にあれこれ手伝ってもらってるが、大学を卒業するまでには自分の身の回りのことくらいできるようになっておきたい」

「志(こころざし)は立派ですが、学業を疎(おろそ)かにしないでくださいよ」

「当然だ！　それに去年の成績表はお前にも見せただろう。安心しろ」

銀次は無言で豚ロースに小麦粉をまぶす。

経営学部に通う秋成の成績は軒並みA評価で、慢心さえしなければ留年の憂き目に遭うことはなさそうだった。夕食の後はよくリビングで勉強などしているし、本気で心配しているわけではない。ただ、せっかくの自由時間を家事に使わせてしまうのがもったいないだけだ。

銀次の想いをよそに、秋成は鼻歌交じりにキャベツを千切りにして「これで足りるか？」と尋ねてくる。

「これだけあれば十分でしょう」

「キャベツ少し残ったな。こっちは味噌汁にでもするか。油揚げあったか？」

「ありますよ。冷凍してあります。卵も入れましょうか」

早速冷蔵庫を開けて食材を出していたら、ふふ、と柔らかな笑い声が耳を打った。

「いいな、新婚さんみたいで」

銀次はそれになんと答えるか迷って、結局何も言わずに冷蔵庫を閉める。

秋成にとっては小さい頃から繰り返している冗談の一種だろうし、真面目に応じることもない。その証拠に、これまで秋成から具体的な何かを求められたことは一度もなかった。例えばつき合ってほしいだとか、キスをしたいだとか、そういうことは何ひとつ。ときどき思い出したように「結婚するか？」などと尋ねられることもあるが、銀次が否と返せば面白くなさそうな顔をされて終わりだ。本気で懇願されたこともなかった。

（ああ、でも、一度だけ——……）

フライパンに肉を置いたら、パチッと油が跳ねた。手の甲に熱と痛みが走ってわずかに眉を寄せる。

秋成が中学生のとき、真剣な顔で「好きだ」と言われたことがある。

その日、秋成は自宅近くの川で足を滑らせ、あわや流されかけたところを銀次に助け出されていた。

普段なら川に落ちる前に銀次がその腕を引いて助けるのだが、その日は学校のグループ研究だかで珍しく秋成が同級生と一緒に帰っていて、その邪魔をしないよう少し離れた所から様子を見ていたのがあだになった。

銀次はスーツのまま川に飛び込んで、冷たい水を掻き必死で秋成を救出した。秋成に「好きだ」と告げられたのは、その夜のことだ。

小学生までは頻繁に好きだの結婚しようだの言われていたが、中学に進学してからはさすがにその頻度も減っていたはずなのに。まだヒーローを見るような目で自分を見ているのだろうかなんて苦笑しながら「ありがとうございます」と返した。

そうしたら、秋成の顔にひどく傷ついた表情が浮かんだ——ような気がした。

あまりにも一瞬の出来事だったので見間違いだったのかもしれない。秋成はすぐにおどけたように笑って「またプロポーズ失敗か」と肩を竦めたのでよくわからない。

あの日からまた秋成は冗談めかして銀次を口説いてくるようになった。前より頻繁に、明るい口調で。

あれはなんだったのだろう。きっと見間違いだったのだろうが。

——見間違いでないならなんだというのだ。

肉をひっくり返していたら、横から秋成が小さなボウルを差し出してきた。

「生姜焼きのタレ作っておいたぞ。これを肉に絡めたら完成だな？」

秋成はいつの間にか味噌汁を作り終え、合わせダレまで用意しておいてくれていた。

「ありがとうございます。すっかり手際がよくなって」

「だろう。お前の胃袋を摑むのも時間の問題だな」

「……摑んでどうするんです」

我知らず、探るような声になってしまった。

返ってきたのは快活な笑顔だ。

「一生放さないに決まってるだろう」

秋成はこちらの顔色を窺うこともせず言い放つ。色恋など微塵も感じさせない、純粋な我儘を口にしているようにしか見えない顔で。

それを見たら、菜箸を握る指先からふっと力が抜けた。

「護衛冥利に尽きます」

「また仕事の話にすり替えて。今のもれっきとしたプロポーズだぞ！」

秋成は眉を吊り上げたものの、銀次がフライパンにタレを投入した途端「いい匂いだな」と顔をほころばせた。

深追いしないし傷ついた顔もしない。つまりはすべて冗談なのだ。わかりきったことを今更真剣に考えてしまった自分が何やら恥ずかしい。

けれど秋成ももう大学生。卒業する頃にはさすがにこんな冗談も言わなくなるのだろう。

そう思うと少しだけ寂しいような気分になった。

(これが子離れの寂しさってやつか)

胸に走った微かな痛みにそう名前をつけ、銀次は静かにフライパンを揺すった。

「それじゃ銀次、お休み」

夕食後、風呂も済ませてリビングでテレビを見ていた秋成がソファーから立ち上がったのを見て、ダイニングテーブルでノートパソコンを広げていた銀次も席を立った。リビングを出ていく秋成を見送るため廊下に出る。

お互いすでに風呂を終え、寝巻きに着替えた状態だ。秋成はボタンタイプの黒いパジャマを、銀次は黒いTシャツとスウェットを着ている。

護衛相手と一緒にいながら風呂に入ることも、その相手に寝巻き姿を晒すのも最初はかなり抵抗があったが、さすがに慣れた。銀次にとって仕事と私生活は地続きだ。秋成が大学に進学してからというもの、二十四時間態勢で交代もなく護衛をしている。

夏休みなどまとまった休みに秋成が実家に帰るときは他の護衛と交代することもあるが、そんなときでも秋成から呼び出されれば迷わず駆けつける。秋成の我儘につき合わされているのだろうと周りから気の毒がられることもあるが、銀次としては本望だ。

秋成の部屋の前で立ち止まった銀次は、体の脇に手を添えて秋成に一礼する。

「おやすみなさい」

「うん。お前も早めに休めよ」

おやすみ、と柔らかな声で言って秋成が自室に入るのを見届けてリビングに戻る。

銀次の一日は家事と護衛でほぼ消える。朝食作りに秋成の送迎、日中はマンションの掃除と洗濯、食材の買い出し。あらかた家事をこなしたらまた大学に戻って、いつ秋成から呼び出しがかかってもいいよう駐車場で待機する。

護衛としての仕事は二十時で終了ということになっており、その後は酒を飲もうが一人で外出しようが構わないと言われているが、秋成に何かあったとき泥酔して動けなかったら、あるいは秋成を一人にして何かあったらと思うととてもそんな気にはなれない。夜はいつも秋成とテレビなど眺めてリビングで過ごしている。

一日の終わりにノートパソコンから日報を送ったら仕事はお終いだ。最後に部屋の戸締まりと火の元を確認し、リビングの明かりを消して廊下に出た。

すでに眠っているのか、秋成の部屋からは物音ひとつしない。声をかけては眠りを妨げてしまうので、無言で一礼して自室に入った。

銀次の部屋は六畳の洋室だ。室内にあるのはベッドのみ。服などはすべてウォークインクローゼットに入っているのでがらんとした印象だ。

ベッドの中に身を滑り込ませた銀次は、天井を見上げて深く息を吐いた。

(……今夜は夢を見るだろうか)

眠る前にそんなことを真剣に考えてしまうのには理由がある。

銀次には、人に言えない秘密があった。口にすれば頭がおかしいと思われそうで誰にも打ち明けられないが、確信している。

自分には、前世の記憶というものがある。

それも一つではない。前の人生、その前の人生、そのまた前の人生と、いくつもの時代を生きてきた記憶があるのだ。

きっかけは夢だ。子供の頃から変わった夢を繰り返し見た。

古い映画のようなモノクロの世界で、自分は誰かの視線を通して世界を見ている。だから自分自身の顔はわからない。辛うじて自分の手や体が視界に入ってくるばかりだ。

夢の中で自分は、必ずある人と出会う。

その人は見るたびに顔や年齢や装いが違っていた。

国や時代が違うのだろう。アジア系の顔をしているときもあれば、ヨーロッパ系の顔をしていることもあった。一見すれば別人だが、銀次にはそれがすべて同一人物なのだとわかった。

肉体は魂を入れる器でしかないのだ。夢の中でごく自然にそう理解した。内側から透けて見えるものがある。それを見れば、あの人だ、と確信できた。

夢の中に現れる前世の自分も、その人と出会った瞬間、毎回啓示を受けたように理解する。また会えた。あの人だ。あの人に巡り会うために自分は生まれてきたのだ、と。

銀次もまた、秋成と出会った瞬間にわかった。

幾多の人生で何度も巡り会ってきたあの人が今、目の前にいる。

あの瞬間、幼い頃から繰り返し見てきた夢は単なる夢ではなく、前世の記憶であることを悟った。

夢の中であの人はいつも命の危機に直面し、自分は毎回あの人を守って命を落とした。どの夢も例外はない。だからきっと、今生でもそうなのだ。

(そのために俺は生まれてきたんだ)

闇の中に秋成の顔を思い浮かべ、銀次はゆっくりと瞼を閉じた。

＊＊＊

さやさやと柳の木が揺れている。

庭と呼ぶには広大すぎて、森や林と呼びたくなるようなその場所で、自分は黙々と足元の雑草を引き抜いている。素手のまま、掌を傷だらけにして。

顔を上げると、柳の木々の隙間から水に浮かぶ橋が見えた。

湖のような大きな池に渡された橋は、石造りの手摺や欄干に細かな装飾が施されている。

その上を多くの人がゆっくりと渡っていく。

先頭を歩くのは、腰まで伸びた黒髪をなびかせ、豪奢な着物を着て歩く男性だ。体重を感じさせない足運びに、日差しを浴びたことなどなさそうな白い肌。唇に浮かぶ仄かな笑みはただ美しく、本当に自分と同じ人間だろうかと思った。

桃源郷があるのだとしたら、きっとあんな人たちが集う場所なのだろう。夢の中の自分がそう思っていることを、夢を見ている銀次もぼんやりと理解する。

夢はいつでもあの人と出会うシーンから始まる。それ以前の自分がどこで生まれ、どうやって生きてきたのか銀次にはわからない。断片的なシーンをつなぎ合わせ、自分とあの人の立場を推測するのが精いっぱいだ。

夢の中では、銀次の思考と過去の自分の思考が緩やかに混じり合う。柳の木の裏に隠れるようにあの人を見ている自分は、あの人だ、また会えた、とは思っていない。水の上を渡る精霊のようなあの人の美しさに心を奪われ、仕事を忘れて立ち尽くしている。

前世を思い出す様子がないということは、おそらくこの時代に自分は初めてあの人と出会ったのだろう。生まれ変わりはここから始まっている。いわば起点となる時代だ。

この時代のあの人は周囲から「天子様」と呼ばれ、広大な庭に囲われた宮城に住み、常に大勢の臣下をその背後に従えていた。

艶やかな黒髪と切れ長の目。アジア系の顔立ちだが、おそらくここは日本ではない。庭の趣が日本庭園とは異なるし、あの人が身につけている着物も銀次の知る和装とは違う。おそらく中華。それもとても古い時代ではないか。

自分はあの人に声をかけることはおろか、宮城に近づくことすらできず、庭の隅で黙々と草をむしったり水を汲んだりしている。両手は土で汚れてぼろぼろで、身にまとう着物も随分と粗末だ。この時代の自分は庭を整える雑用係か何からしい。

朝晩供される薄い粥のため黙々と重労働に耐える日々はなんの楽しみもなかったが、ごくまれにあの人の姿を見かけたときだけは胸の辺りに熱いものがこみ上げてきた。憧れよりもう少し温度の高い感情は、夢だとわかっていても生々しく銀次に迫る。

夢の中の自分は、あの人に淡い恋心を抱いていた。

とはいえあまりにも身分が違う。自分は明日の食事にも窮する賤民で、相手はこの国を統べる天子様だ。声などかけようものなら衛兵に斬り捨てられる。

遠くからその姿を見詰められるだけで僥倖だ。そう思っていたはずなのに、真夜中まで仕事が終わらずへとへとになって庭を歩いていた月夜の晩、柳の枝をいくつもくぐったその先にあの人の姿を見つけたときは、息が止まってしまうかと思った。

常に従者を従え兵士に身を守られているあの人が、そのときはたった一人で池のほとりに立っていた。

物音に気づいたあの人が振り返る。その日は見事な満月で、あの人の黒髪と白い頬を月の光が淡く照らし、全身が薄く発光しているように見えた。

夢はモノクロで一切の色がない。それでも、当時の自分が受けた衝撃は痛いほどわかった。色のない世界でも、あの人だけが鮮やかに艶めいて見えたからだ。

密に刺繍が施された着物を着て、珠を連ねた首飾りを幾重にも首から下げたあの人は美しかった。

そして、思いがけず顔立ちが幼かった。従者を引き連れて歩く姿に威厳があったため今の今まで意識をしたこともなかったが、おそらく自分よりもずっと若い。

本来なら何も言わずその場を立ち去るべきだったのだろうが、学もなく作法も知らない自分は、あの人の前で不敬にも口を開いてしまった。

「こんな夜更けに、一人で危なくありませんか」

ひどく動揺していたはずなのに、声は思ったよりも静かに夜気に溶けた。

あの人は警戒を滲(にじ)ませた目でしばしこちらを見た後、また池に顔を戻してしまう。

「一人になりたいんだ」

会話を拒絶するように背を向けられてしまい、黙って柳の木の後ろに下がった。

頭上の月はゆっくりと移動して、池の面で月光が揺れる。風が吹くと、あの人が焚(た)きしめた香の甘い匂いがほのかに柳の裏まで漂ってきた。

あの人は長いこと池の縁に立って動かなかった。頭上の月がだいぶ動いていたので、数時間はその場にいたのではないか。最後にあの人が小さな溜息をつくと、世界がそれに呼応するように風が吹いて、目の前の池にさざ波が立った。

ゆっくりとこちらを振り返ったあの人に、「お帰りですか」と声をかけると、ぎょっとしたような顔をされた。柳の下で自分が待機していたことに気づいていなかったらしい。子供のように目を丸くする。

「もういないかと思った。まるで気配がしなかったから」

「一人になりたいと言っていたので、気配は消した方がいいかと」

「それでずっと息を殺していたのか？　ならばこの場を立ち去ればよかっただろう」

「いえ、本当に一人にしてしまっては、危ないので」

あの人は驚いたような顔をした後、花が開くように笑った。

「そうか。お前は私の望みを叶えてくれたんだな」

辺りを漂う甘い香りが強くなる。夜の底で一斉に花が咲きほころんだかのように。

まだ少し幼さの残る声で「ありがとう」とあの人は言った。

「他の者に見つかっていたら引きずってでも連れ戻されていたところだ。でもお前は私を見守りながら、一人でいる気分を味わわせてくれたんだな。嬉しい。私の望み通りだ」

思いがけず素直な言葉になんと返すべきかわからない。立ち尽くすばかりだったが、あの人は気にしたふうもなく笑った。

「私の望みはいつも叶わない。でも、今日はささやかながら叶った気がする」

あの人の望みとはなんだったのだろう。天子として国のすべてを手中に収めていたはずなのに。どうしてか中学生の頃の秋成が見せた泣きそうな顔を思い出す。

「お前には何か褒美をとらせよう」

機嫌よく言い渡され、迷った末に首を横に振った。

「褒美ならもういただきました」

「なんだ？　何も与えた記憶はないが」

「美しい月を見せていただきました」

あの人は背後の月を振り返り、納得のいかない顔で眉を上げた。

「それは私が与えたものではないな」

自分はあの人と、その背後で光る月を同時に視界に収めて目を眇める。

「貴方がいなければ、月もこんなに美しくは見えなかったはずなので」

束の間でも、ともに過ごす時間を与えられただけで十分だ。こんなに近くで視線を交わし、言葉を交わすことすらできた。「満足です」と微笑めば、あの人の顔に戸惑ったような表情が浮かんだ。それから俯いて、少しだけ照れたように笑う。

「……そんなにも、眩しいものを見るような目で見られたのは初めてだ」

それが、あの人が婚礼を挙げる前の晩の出来事だ。

翌日は近隣諸国からたくさんの招待客が集まって、朝から宴が続いていた。

あの人は隣国の姫君を娶ることになったらしい。宴には来賓も多く訪れている。

普段は庭で泥にまみれている自分も、その日だけはいくらかましな服を着ていた。宴に出席するためではない。宴に饗される食事の毒見役をしていたのだ。

毒見役に異変が出たらすぐにでも料理を下げられるよう、毒見は宴の席のすぐそばで行われる。園庭の陰に布を張って簡易的なスペースを作ってはいるが、招待客の目に触れる可能性もあるので普段より小綺麗にしていただけの話である。

黙々と毒見を続けていた自分は、何皿目かの料理を口にしたところで血と泡を吹いて倒れた。

腹の中で何かが起きている。臓腑が焼けつくように熱い。喉の奥から生ぬるい血が溢れてきて溺れそうだ。息ができない。

苦痛に悶えながら、これをあの人が口にしなくてよかったと腹の底からそう思った。

周囲は騒然として、地面に倒れ伏した自分に近寄る者はいない。喉から漏れる隙間風のような音を聞いているうちに視界が暗くなってきた。

だからその後に見た光景は、きっと死に際の幻だったのだろう。

四方を囲んでいた布を払いのけ、その場に駆け込んできたのはあの人だった。昨晩よりさらに豪奢な着物を着て、迷うことなく自分の傍らに膝をつく。身を屈めたあの人の肩から黒髪が落ち、優しく自分の視界を覆った。幾重にも巻かれた首飾りが揺れて玲瓏な音を立てる。

地面に膝をついたあの人の着物に、自分の吐いた血がしみ込んでいく。いけない、あの人を汚してしまうと思ったがもう声も出ない。

血を止めようと必死で歯を食いしばっていると、あの人が手を握ってくれた。白くほっそりとした指が血で汚れるのも厭わずに。

優しい指先だった。天子であるあの人が自分の手を握ってくれるなんて、やはりこれは都合のいい幻覚だ。そうとわかったら安堵して、自分もあの人の手を握り返した。見上げた顔は太陽の逆光になってよく見えない。

これが最後だ。噛みしめていた奥歯を緩めて口を開く。

夢の終わりはいつも同じだ。今わの際に、自分は胸に浮かんだ言葉をあの人に伝える。それで満足して、夢もそれきりぶつ切れる。

その瞬間のあの人の顔は、いつだって黒く塗りつぶされて見ることが叶わないのだった。

＊＊＊

新年度の始まりはいつもどことなく忙しない。秋成も新学期が始まってしばらくバタバタしていたが、四月も終わりに近づくとさすがに落ち着いたようだ。

土曜日の朝、いつもより少し遅く起きてきた秋成が「買い物に行くぞ！」と前日の予定にはなかったことを宣言してきたのもそのせいだろう。

朝食を用意していた銀次はコーヒーを淹れながら「何か入り用ですか？」と尋ねる。

「服を買いに行きたい」

「どちらまで」

「駅前のショッピングセンター。新しいシャツが欲しい。それにあそこなら銀次の服も揃うだろ」

銀次はコーヒーを淹れていた手を止め、キッチンカウンターの向こうに立つ秋成に目を向ける。「俺の」と思わず呟けば、まだパジャマ姿の秋成に大きく頷き返された。

「お前はどこに行くにもいつもスーツだからな。たまには他の服も買ったらいい」

秋成が言う通り銀次は今日も朝からワイシャツにスラックスを穿いている。真顔で「仕事着ですから」と返すと渋い顔をされた。

「わかってる。でも近所のスーパーに行くときとか土日に出かけるときはもう少し砕けた格好でもいいだろ。ちょっとくらい気を抜け」

護衛中に気を抜くことなどできるはずもなかったが、秋成が言い出したら聞かないことは重々承知している。自分の服一つで気が済むならと、朝食の後は銀次が車を出してショッピングセンターに向かうことになった。

運転席に乗り込んだ銀次は、後部座席に座った秋成がシートベルトを締めるのを待ちながら尋ねる。

「買い物なら、大学の友達とでも一緒に行った方がいいんじゃないですか?」

「大学に買い物に行くような相手はいない」

「……友達がいないんですか？」

「そうじゃなく……おい、なんだその顔は。よせ、本気で心配するな。普通に話をする相手はいる。休みの日まで会いたいと思う相手がいないだけだ」

世間ではそれを友達がいないと言うのではないか。バックミラー越しに様子を窺うが、秋成は窓の外に目を向け鼻歌など歌っている。見る限り、特に友人関係の悩みはなさそうだ。

（小学生の頃はときどき泣いていたのに）

組を解体したとはいえ、地元の人間にとって御堂家はあまりにも有名だ。秋成も陰でヤクザの子と囁かれ、同級生たちから遠巻きにされていた。秋成の背後に常に銀次のような強面の護衛がいたのも同級生が寄ってこない要因の一つだったのだと思う。

中学生になるときごちないながらも一緒に帰る友人ができて、地元を離れた高校に通う頃には護衛の数も減り、ごく当たり前に友人たちと寄り道などをするようになった。

大学生になればもっと飛躍的に人間関係が広がるかと思ったが、実際はそうでもない。学校の行き帰りに友人とどこかに寄る予定でもあれば、銀次も秋成の友人に気づかれぬよう距離をとって護衛を行う心づもりはあるのだが、秋成にはまるでその気がないらしい。登下校は必ず銀次の車で移動するし、土日もこの通り銀次と過ごしてばかりだ。

ショッピングセンターに到着すると、秋成は迷うことなく男性服を扱う店に飛び込んだ。

見るからに若者向けの店構えに怯む銀次には構わず、早速店内の商品を物色し始める。

今日の秋成はグレーのノーカラージャケットにテーパードパンツのセットアップだ。インナーは白いシャツで、足元は黒の革靴を履いている。

服装も相まってぐっと大人びたその姿を見詰めていたら、顔を上げた秋成に「早く来い」と手招きされた。

「これなんてどうだ?」

そう言って秋成が銀次の胸に押し当ててきたのは、自分なら絶対手に取らないだろうワインレッドのジャケットだ。袖を通すどころか、そんなものを当てられた自分の顔を鏡で見ることすらできず後ずさりをする。

「派手すぎます。俺はもう三十一のオッサンですよ」

「オッサンと呼ぶにはまだ早くないか？　銀次はいつも黒っぽい服ばかり選ぶから、たまには明るい色もいいと思う」

ジャケットを銀次に押しつけ、秋成はひょいひょいと近くの服を手に取っていく。

「ボトムは黒だな。インナーはどうする？　たまには白とかどうだ。普段も暗い色のスーツばかりで代わり映えがしない。ワイシャツだけでもピンクにしろ」

「なんの罰ゲームですか」

「罰ゲームじゃない。いいと思うから言ってるんだ」

もともと服を見るのが好きな秋成は生き生きした様子で銀次にあれこれ服を当てていく。こうなればもう止められず、マネキンのように立っていることしかできない。

結局ワインレッドのジャケットは購入しなかったが、黒のワークパンツとサマーセーターを二枚買うことになった。色は白とベージュ。どちらも秋成のチョイスだ。

「ワークパンツなんて三十過ぎのオッサンが穿いていいんですかね……」

「普通に穿くだろ？　お前は着るものに無頓着だから認識が偏るんだ。雑誌でも読んで勉強しろ」

店を出て少しも行かないうちに、また秋成が足を止めた。今度はアクセサリーショップだ。商品棚に並んでいるのは無骨なシルバーアクセサリーや革製品などである。

「小物にも少しこだわってみたらどうだ？　このシルバーリングとか……」

「もう俺の買い物はお終いです。そんなに金も持ってきてません」

「だったら私がプレゼントする」

無言で眉を上げた銀次を見て、小言を言われる気配でも察したのか秋成が慌てたようにつけ足した。

「こ、これくらいはいいだろ？　ほんの二、三千円だぞ。小遣いで買える」

確かに、世界各地を飛び回っている謎のバイヤーから買った宝石よりはずっと安い。

駄目か？　どうだ？　とこちらを覗き込んでくる秋成を見て、銀次は溜息をつく。

「お気持ちは嬉しいです。でも俺はアクセサリーの類をつける習慣がないので、せっかくもらってもつけるのを忘れて終わりです。それじゃもったいないでしょう」

「でも、こういうごついシルバーリングとか銀次に似合いそうですが」

「まあ、メリケンサックの代わりにはなりそうだぞ」

「アクセサリーを護身用品として使うんじゃない」

「風流を解さないもので。そもそもこういうのは、俺より坊ちゃんの方が似合いますよ」

棚に並んだリングやネックレスを眺めながら思ったことを口にすると、急に秋成がそわそわし始めた。

「そ、そうか？　例えばどんなのが？」

銀次は商品棚に落としていた視線を上げ、隣に立つ秋成の顔に目を向ける。

形のいい額に、高い鼻、白目が青く透き通った美しい瞳。バランスの取れた長身に、男らしく整った顔。何を身につけたって似合うだろうとは思ったが、きっと秋成は誰かと一緒にああだこうだ言いながら買い物をしたいのだろう。

「一緒に選びましょうか」

そう提案すると、秋成の顔に満面の笑みが浮かんだ。

「じゃあ銀次が決めてくれ。どれがいい、ネックレスとかバングルとかいろいろあるぞ」

「俺に丸投げしないでください。一緒にって言ってるでしょう」

「そうだな。どうしようかな。リングもいいけど、それはきちんと婚約用のものを二人で選びたいしな！」

またいつもの冗談だ。小さく笑うにとどめ、目の前にぶら下がっていた細いチェーンのネックレスに手を伸ばした。

「それいいな、今日の服に合いそうだ」

銀次が何気なく手にしたネックレスを胸に当て、どうだ、と秋成が胸を張る。無地の白いシャツの胸元に輝くネックレスは、安価なわりに品がいい。

「……いいですね」

思ったよりも、しみじみとした声が出てしまった。

秋成は「そんなにいいか」と目を輝かせ、他のアクセサリーを見るのもそこそこにネックレスを持ってレジに行ってしまった。

もっと他に見てからでなくてよかったのだろうか。シンプルなものだけでなく、大きなペンダントヘッドがついたものだってたくさんあるのに。

早々に会計の列に並んでしまった秋成を少し離れた所から見詰め、銀次はふと思う。

(あの人は、いつも大きな宝石のついたネックレスを首からぶら下げてたな)

思い出すのは、昨日見たモノクロの夢に出てきたあの人だ。

昨日の夢の舞台は砂漠の王宮だった。自分は宮殿の入り口を守る門番で、あの人は周囲から王子と呼ばれていた。

時代や国によってあの人の外見は大きく変わる。砂漠の王子だったあの人は小麦色の肌に緩く癖のついた黒髪で、彫りの深い精悍な顔立ちをしていた。

天子と呼ばれていた頃とは違い、砂漠で逞しく生きるあの人はいつも快活に笑っていた。胸から下げた子供の拳大の宝石が日差しを鋭く跳ね返し、大きく口を開けて笑うあの人をますます眩しく見せていたことを思い出す。

あの人を見た瞬間、自分は前世を思い出したが、あの人はちっとも自分を覚えていないようだった。

その次の人生でも、その次の人生でも、いつだって、思い出すのは自分ばかりだ。それでも構わなかった。あの人にまた巡り会えただけで満足だ。それは今生でも思っていることだ。

あの人は王子という立場でありながら、門を出入りするたび自分たち門番に「ただいま」「ご苦労」などと気安く声をかけてくれた。

明らかに日本人とは違う顔立ちで、喋っている言語も日本語ではないはずなのに、不思議なことに夢の中では相手の言葉がわかった。日本語に吹き替えられた洋画を見ているようで違和感もない。

夢の内容を反芻しながら秋成の様子を見守っていた銀次は、会計の列に並んだ秋成が傍らの商品棚を見詰めていることに気づく。視線の先にあるのはシルバーリングだ。リングに嵌め込まれた黒い石から、「く」の字に曲がった棒が放射線状に伸びている。

胴の黒い蜘蛛がリングにしがみついているデザインのようだ。よほど緻密な造形なのか、秋成は興味深そうな顔でリングから目を離そうとしない。

思えば砂漠の宮殿に住んでいたあの人も、蛇や蜘蛛、サソリなどによく興味を示していた。毎日のように金銀財宝を献上されていたせいで、ありきたりな美しさに見飽きていたのかもしれない。

いつだったか、庭園の木陰であの人が蜘蛛と戯れる姿を目撃したことがある。

周りに人もつけず木の下に座り込んで、あの人は自身の腕に蜘蛛を這わせていた。黒い背中に赤い模様が浮き出たその蜘蛛は一噛みで命を落とす猛毒を持つ毒蜘蛛で、そんなものを平然と素肌に乗せている姿を見たときは息が止まるほど驚いた。

全速力であの人のもとに駆けつけ、自分が噛まれるのも厭わず無我夢中で蜘蛛を追い払った。それなのにあの人は自分が命の危機に晒されていたことすらわかっていない顔でこちらを見上げてくるので、立場も忘れて叱り飛ばしてしまった。

「何を考えているんです！　あの蜘蛛に毒があることくらいご存じでしょう！　噛まれたら命を落とします！　もしも貴方に何かあったら、私は——……！」

王族に向かってあり得ない口の利き方だ。わかっていても止まらなかった。どうせ不敬罪で死ぬのなら最後に全部言いきってしまおうと、あの人の前に膝をついて頭を垂れた。

「どうか軽率な行動はお控えください。貴方がいないと砂漠に朝日も昇りません」

俯いて、灼熱の太陽の下に項を晒した。そのまま首を切り落とされても後悔はなかったが、耳を打ったのは罵声ではなく、あの人の高らかな笑い声だ。

「これは毒蜘蛛じゃない。背中の模様はよく似ているが、別種の蜘蛛だ。毒はない」

おかしそうに笑うあの人を見て、ようやく早とちりに気がついた。血の気の引く思いで地面に額をこすりつけ謝罪したが、あの人は鷹揚に笑って「毒蜘蛛を素手で追い払おうとするなんて勇敢な男だ」と褒めてくれた。

「こんなふうに誰かに叱られたのも久しぶりだ」

「無礼を働きました。どんな罰でもお受けします」

「構わん。何も知らない人間が見れば驚くのも当然だ。珍しいからと商人から買い受けたが、軽々しく人前に出すべきではなかった。お前の言う通り軽率な行動だ。改めよう」

恐れ多くて顔も上げられずにいると「間違いを正してくれる者は貴重だ」と落ち着いた声で告げられた。だとしても、ただの門番が王族に意見するなど言語道断だ。

いつまでも地面に伏して動かない自分を見て、あの人は呆れたような声を上げた。

「私が構わないと言ってるんだ。私を助けるために素手で毒蜘蛛を追い払おうとしたその献身に免じて許す。それに、私は自分で思っているよりずっと特別な存在だという自覚も

できた。私がいなければ砂漠に朝日も昇らないらしいからな」

とっさに飛び出た言葉を蒸し返され、カッと頬が赤くなった。顔を上げろと命じられれば逆らうこともできず、伏していた身を起こす。

「私はお前の太陽か？」

悪戯（いたずら）っぽく笑うその顔は真実太陽のような眩しさで、目を眇めて「はい」と答えることしかできなかった。

「なら、今後はせいぜい我が身を大事にしよう」

そう言って、あの人は満足そうに白い歯を見せて笑った。

それ以来、あの人は城の門をくぐるとき必ず自分に声をかけてくれるようになった。

短い挨拶をするだけだったが、少しだけ距離が近くなったようで嬉しかった。実際、生まれ変わるたびにあの人との距離は近づいていくのだ。身分差は相変わらずだったが、親しく口を利く機会は時代を経るに従い確実に増えた。

（あのときは、宮殿に火を放った賊からあの人を守ろうとして死んだんだったな）

あの日、非番だった自分は宮殿内で雑用をしていた。異変に気づいたときはすでに宮殿のあちこちに火がつけられ、徒党を組んだ賊が次々と敷地内になだれ込んで、周囲はひどく混乱していた。

状況を理解するやあの人を探して城内を走り回った。逃げ惑う人の波をかき分け、罵声と悲鳴を振り切って、ようやく宮殿の外にあの人を見つけたそのとき、ヤシの木陰から大きな黒い影が飛び出してきたのだ。

それは賊が連れ込んだヒョウだった。

鋭い牙を剝いたヒョウがあの人に躍りかかる。あの人はすんでのところで身をかわしたが、足をもつれさせ地面に倒れ込んだ。

再びヒョウが飛びかかってきて、とっさにあの人の体に覆いかぶさっていた。

ドッと背中に何かがぶつかって、肩から首筋にかけ火を放たれたような衝撃が走った。肌が焼け爛れるように熱い。熱さはすぐ痛みにとって代わる。肩にヒョウの爪を突き立てられ、首筋を嚙まれたのだとわかったのは衛兵たちが無理やりヒョウを引きはがしてくれた後のことだ。

それでもなお、自分はあの人を固く抱きしめて離さなかった。正確には、全身が硬直して離せなかったのだ。

背中から湯でも浴びせられているかのように生ぬるい血が溢れ、乾いた大地に吸い込まれていく。体の下であの人が何か叫んでいて、うっすらと目を開けたら、あの人が身にまとう白い衣に自分の血がしみ込んでいくのが見えた。

また汚してしまった、と思った。自分の汚い血で。詫びのしようもない。

どうにかあの人の体に回した腕をほどいたら、逆に強く抱きしめられた。

胸に何か硬いものが当たる。あの人がいつも首から下げていた大きな宝石のついたペンダントか。

ぼやける視界の中、最後にあの人の顔を見た。間近で人が死ぬ場面を見るのは初めてなのか、あの人は怯えたような、今にも泣き出しそうな顔をしていて、そういえば自分よりずっと年下だったな、なんてことを混濁する意識の中で思った。

ヒョウに噛みちぎられた首筋から血と一緒に空気が漏れていく。肉体に充満していたものがゆるゆると抜けていくのを感じながら、最後の力を振り絞って口を開いた。

急速に視界が暗くなる。自分の人生を照らしていた太陽が沈んでいく。

血の泡を吹きながら伝えた最後の言葉は、あの人の耳に届いただろうか。

「銀次、待たせて悪かったな！」

夢の終わりに意識を漂わせていたら、それを打ち消すような明るい声が耳を打った。

会計を済ませたて振り返った秋成の顔に砂漠の王子の顔が重なって息を呑んだが、かつての輪郭は一瞬でゆらいで消え、銀次は詰めていた息をそっと吐き出した。

「せっかくだ。早速つけてみよう」

秋成はフロアの隅に寄ると、いそいそとネックレスを取り出してつけようとする。だが留め具が上手く留まらないらしく、「手伝ってくれ」と銀次に背を向けてきた。

言われるまま、銀次は秋成の首にネックレスをつけてやる。ステンレスのネックレスはごくシンプルで、なんの宝石もついていない安価なものだ。

秋成はもう天子でもなければ王族でもない。日本に住む単なる大学生だ。

(でも、あの人だ)

二回目の人生で確信した。自分はこの人を守って死ぬ。三回、四回と生まれ変わるたび、確信はますます深くなった。

(例外はない)

不器用な手つきでネックレスをつけ、軽く秋成の肩を叩く。

秋成はくるりと振り返ると、芝居がかった仕草で「どうだ?」と胸を反らしてみせた。

「よくお似合いですよ」

「ん。そうか」

照れくさそうな顔で笑う秋成を見て、銀次も微かに目を細める。

この人を守れるなら、自分の命など惜しくもなかった。

買い物袋を車に置き、ショッピングセンター内のレストランで昼食を済ませた後、秋成に乞われて本屋に向かった。

「これどうだ」

本屋に入るなり秋成が差し出してきた本のタイトルは『電子レンジでできる簡単時短お

かず』だ。

「付録にシリコンスチーマーがついてる。これを使うと電子レンジでローストポークが作れるらしい。あと煮魚も」

参考書でも見に来たのかと思いきや、秋成が足を止めたのは料理本のコーナーだった。

「それとも基本の和食の本とか買った方がいいか？　料理は全部ぶっつけ本番だったから、昆布やカツオ出汁の引き方なんかが未だによくわからない」

「顆粒出汁があるんですからわざわざ出汁を引く必要もないでしょう。今のままでも十分美味いですよ。坊ちゃんがお望みなら出汁でもなんでも引きますが」

「いや、やるとしたら私がやる。お前の仕事を増やしたいわけじゃない。銀次に美味いものを食べてほしいだけだ」

「……なんで俺なんです」

こちらが秋成の栄養状態を気にするならまだしも、秋成が銀次のために料理を作ろうとする理由がわからない。家事全般は銀次の仕事だ。

秋成は唇の端で笑っただけで答えず「こういうのもいいな」と平積みにされた本を手に取った。

「『毎日美味しいお弁当』。そう言えば銀次、平日もちゃんと昼食とってるか？　放っておくとろくなものを食べないだろう。弁当でも作ってやろうか」

「お気持ちだけ受け取っておきます」

「つまらない反応だな。弁当とかわくわくしないか？　キャラ弁もあるぞ。こういうのは私も食べたことがないが」

そうだろうな、と銀次は頷く。屋敷に通っていたハウスキーパーの作る弁当は、見た目より栄養バランスを重視した堅実なものだったはずだ。

「遠足みたいな行事でしか食べられないから弁当は特別感があって好きだった。家によって全然内容も違って、他人の弁当を見てるだけでも面白かった。サンドウィッチとか憧れたなぁ。銀次は――」

本のページをめくりながら楽しそうにお喋りをしていた秋成の声が不自然に途切れた。しまった、と言いたげに口をつぐんだその横顔を見て、続く言葉を想像する。

銀次はどんな弁当だった？　おそらくそんなことを尋ねようとしたのだろう。

今更気を遣ってもらうようなことでもないので、銀次はどうということもない口調で返した。

「弁当が必要な日は、コンビニのおにぎりなんかを買ってましたね」

それも運よく親が五百円玉を用意してくれていたときだけで、金の用意もないときは水道の水だけ飲んでいたが、そこまでつまびらかにする必要もない。

コンビニのおにぎりでも十分わくわくしましたよ、とつけ足そうとしたが、それを待たず秋成が本を閉じた。手にしていたそれと、シリコンスチーマーが付録についた本を手に取ってレジへ向かう。

手早く会計を済ませた秋成は本屋を出ると、駐車場とは逆の方向へ歩きだした。

やってきたのは食器や調理用品を並べた店で、秋成はずかずかと店内に入ると商品棚から何かを取り上げて銀次を振り返った。

「銀次、どっちの色がいい？」

差し出されたのは長方形の弁当箱だ。黒と緑の色違いである。

「どちらでも、坊ちゃんのお好きな方でいいのでは？」

「お前の使うものだぞ。自分で決めろ」

弁当箱を押しつけられ、「俺ですか？」と当惑した声を上げた。

「他の色もある。二段重ねのやつでもいい。曲げわっぱもあるぞ」

自分に弁当箱など必要ないと思ったが、どれか選ばない限り秋成は納得してくれそうもない。仕方なく、最初に秋成が手に取った黒い弁当箱を指さした。

「黒か。だったら私は緑にしよう」

「坊ちゃんの分も買うんですか？」

「当然だ。箸も同じ色でいいな？」

何が当然なのかさっぱりわからないが、秋成は箸と箸入れのセットも二つ取り、弁当箱と一緒に会計を済ませるとまた違う店に飛び込んだ。今度はキャンプ用品の店だ。

「レジャーシートはどれにする？　リュックも買おう」

「急にそんなものを買ってどうするんです？」

尋ねると、レジャーシートに手を伸ばしていた秋成が振り返った。

「明日一緒に出かけよう」

こちらを見る秋成の顔はどこまでも真剣だ。

一体どんな思考を経て秋成がこんな行動に出ているのか手に取るようにわかってしまって、銀次は微苦笑を浮かべる。

「弁当を持ってですか？」

「そうだ。嫌か？」

「いいえ。楽しみです」

即答して、銀次は秋成の隣に立った。

「でもそんな本格的な登山用のリュックを買わなくても、ランチバッグくらいでいいんじゃないですか？　このバッグなんて面白いですよ。両サイドのファスナーを開くとランチマットにもなるそうです。これがあればレジャーシートもいらないのでは？」

本来なら、一護衛の自分の過去にまで胸を痛める必要はない、と言うべきなのだろうが、それで秋成にがっかりした顔をさせたくなかった。こちらを喜ばせようとしてやってくれているのだと思えばなおさらだ。

ランチバッグを吟味していたら、突然横から秋成に肩をぶつけられた。よろけることこそなかったが、銀次は横目で秋成を見て「危ないですよ」とだけ声をかける。

秋成は嬉しそうな顔を隠しもせず、互いの肩を押しつけたままこちらを見上げてくる。

「意外と乗り気だな？」

「どうせ行くなら準備はきちんとしていった方がいいでしょう」

「水筒も買うか？」

「飲み物くらいは道すがらコンビニで買えばいいのでは」

「それいいな。途中でちょっと摘まめる菓子なんかも買っていこう。で、バッグの色はどうする。やっぱり黒か？」

「坊ちゃんの好きな色でいいですよ。二人で持つんですから」

二人で、という言葉が気に入ったのか、秋成は「だったら黄色」と機嫌よくバッグを手に取る。

「どこに行こう。海か？　山？」

「どこでもいいですよ」

「ちゃんと考えろ。あ、明日の天気は？　晴れるよな？」

調べろ、と急かされ、スラックスのポケットから携帯電話を取り出す。

護衛兼ハウスキーパーの仕事内容を逸脱しているとは思うが、秋成のこの手の我儘は日常茶飯事だし、それに振り回されるのは存外楽しいものだ。

携帯電話の天気予報アプリを立ち上げれば、笑みを浮かべた太陽のイラストがずらりと並んでいる。「晴れですね」と返すと、画面に表示された太陽より明るい顔で秋成が笑うので、銀次も小さく笑ってしまった。

顔立ちの整った金剛力士像と周りから揶揄されている銀次だが、秋成の前でだけは自然と表情が和やかになる。そのことに気づいていないのは当の本人ばかりだ。

秋成と出会った日、十七歳だった銀次はすとんと理解した。

どうやら自分の人生の残り時間はそう長くないらしい、と。

そう思ったのには理由がある。何度も生まれ変わりを繰り返してきたが、夢の中のあの人と出会ってから自分が死ぬまでの時間は長くても数か月、短いときは数週間程度だったからだ。今生でもおそらく一年以内に秋成は命の危機に晒され、自分は彼を守って死ぬのだろうと覚悟した。

だから銀次は秋成に対して一切隠し事をしなかった。どうせすぐいなくなる身だ。自分に関することを秋成に問われれば、包み隠さずなんでも答えた。単なる護衛の一人でしかない銀次の家庭環境を秋成が詳しく知っているのはそのせいだ。

銀次の父親は気位が高いわりに能力が低く、職場でトラブルを起こしてはすぐに辞めることを繰り返すどうしようもない男だった。他人とのコミュニケーションをとるのも下手で、言葉より先に拳が飛んでくる。自分や母親も何度暴力に晒されたかわからない。

母親は、銀次が小学三年生になる頃いなくなった。どこに行ったのかは知らない。ある日学校から帰ったら姿を消していて、二度と戻ってこなかった。

それ以降は、高校を中退して家を飛び出すまで父親の機嫌を損ねないよう息を潜めて生活していた。

そんな救いのない話を、求められるまま秋成に語って聞かせた。

今ならば幼い子供にそんな話をするのはいかがなものかと思うだけの分別もあるが、当時は銀次もまだ十代の子供だったのだ。

話を聞いた秋成は、子供らしい素直さで銀次の父親に強い怒りを向けた。さらに銀次の母親に対しても「なんで銀次のお母さんは一緒にいてくれなかったの！」と憤った。

「あんな親父と一緒にいたんじゃ逃げ出したくもなりますよ。母親もきっと怖かったんでしょう」

確か自分は、乾いた笑みをこぼしてそう答えたはずだ。

当時の自分は母親に対し、多分に同情的な気持ちがあった。父親もろとも自分も捨てられ寂しい気持ちも確かにあったが、それ以上に仕方がないと思っていたのだ。

母親のことは責められない。そう思ったが、秋成は違った。

「銀次だって怖かったのに！　なんで銀次のこと置いていったの！」

物わかりのいい大人ぶった顔で喋っていた銀次は、その一言ですっかり表情を繕うことができなくなった。それは長年銀次が胸の底に押し込めていた本心に他ならなかったからだ。

秋成は銀次の父親だけでなく母親に対しても本気で怒って、最後は飛びつくように銀次の腰にしがみついてきた。

「これからは僕が守るから！」

自分よりずっと体の小さい秋成に守るだなんて言われ、小さく笑ってしまった。その直後、喉元に熱いものを押しつけられたような気分になって唇を引き結んだ。腰にしがみつく秋成の腕の強さから、本気で言ってくれているのが伝わってきたからだ。

小さな体を全部使って、銀次に降りかかる不幸や悲しみを必死で跳ねのけようとしてくれている。一生懸命に寄り添おうとしてくれたあの姿を思い出すと、今も胸の辺りがじわじわと熱くなった。

（そういう人だから、俺は――……）

胸の底からせり上がってきた熱い息が唇を震わせ、銀次はふっと目を覚ます。二、三度瞬きをして、昔の夢を見ていたのだと気がついた。睡眠中は前世の夢ばかりでなく、ごく普通の夢も見る。むしろ前世の夢を見る割合の方が少ない。

部屋の中はまだ薄暗い。もう一度目を閉じようとしたが、廊下の向こうから微かな物音が響いてきて目を見開いた。

とっさに枕元の携帯電話を手に取り時間を確認する。時刻は五時半。平日だってまだ起き出していない早朝だ。

秋成がトイレにでも立ったのかと思ったが、物音はリビングから聞こえてくる。

まさか物取りの類かと、素早くベッドから下り足音を忍ばせて廊下に出た。

廊下の奥、リビングから明かりが漏れている。極力物音を立てないように廊下を進んでリビングのドアを開けると、入ってすぐ左手にあるキッチンに秋成の姿があった。

「坊ちゃん？」

声をかけると、秋成が「うわっ！」と驚きの声を上げてこちらを振り返った。

「な、なんだ？　もう起きたのか、まだ早いだろ！」

「坊ちゃんこそ、もう着替えまで済ませてるんですか？」

今日は昨日買った弁当箱を持って出かける予定だが、それにしたって早すぎる。

調理台に目を向け、銀次は目を瞠る。そこには昨日のうちに買っておいた食材や、弁当箱などが並んでいた。

「もしかして、弁当を作るつもりだったんですか？　だったら俺が……」

「駄目だ、私が作る。お前はまだ寝てろ」

秋成はキッチンの入り口で仁王立ちになり、銀次を中に入らせまいとする。

「そういうわけにはいかないでしょう。家事は俺の仕事ですから」

「だとしてもこれに関してはお前に手伝ってもらうわけにはいかない」

「なんだって急に……」

「弁当の蓋を開ける楽しさをお前にも知ってもらいたい」

秋成の表情が思いがけず真剣で、うっかり言葉を失ってしまった。と同時に、ああそうか、と納得する。他人に料理を作ってもらうという機会自体ほとんどなかった自分は知る由もなかったが、同級生たちがあんなに弁当にはしゃいでいたのは、中に何が入っているのか想像する楽しさもあったからか。

「お前に手伝わせたら意味がない。二度寝をするのに抵抗があるなら何か別の仕事でもしてろ」

きっぱりとした口調で言われてしまい、銀次は弱りきって肩を落とす。護衛対象に弁当を作ってもらうなんてあり得ないことだが、ここで無理やり弁当作りを手伝えば秋成の計画を台無しにすることになってしまうのだろう。

呻吟（しんぎん）の後、「わかりました」と銀次は低く呟いた。

「その代わり、絶対に怪我なんてしないでくださいよ。包丁で指を切ったり、火傷をしたり、そんなことになったらすぐ弁当作りは中止してもらいますからね」

「お前な。私をいくつだと思ってるんだ？　もうすぐ二十歳になるんだぞ」

わかっていても心配なものは心配だ。着替えを済ませた後、秋成に言われた通りリビングの掃除など始めた銀次は、キッチンカウンター越しに何度も秋成の様子を確認する。

普段から銀次と夕食の支度などしているだけあって、秋成は慣れた様子で調理をしている。そんな姿を見たら、出会った当初は小学生にもなっていなかったあの秋成が、と感慨深い気分になってしまった。

（まさかこんなに長くこの人と一緒にいられるとは思わなかった）

じゅわじゅわと油の跳ねる音を聞きながら、銀次は掃除の手を止めて秋成を見詰める。あとどのくらいこの時間は続くのだろう。そんなことを思っていたら、銀次の視線に気づいた秋成が顔を上げた。目が合うと悪戯っぽい顔で笑われる。

「味見はさせないぞ。弁当の中身がばれるからな。蓋を開けてのお楽しみだ」

菜箸を振るう秋成があまりにも楽しそうで、眩しくもないのに目を眇めてしまった。

弁当に対していい思い出がない銀次のために、こうして休みの日を潰してまで弁当を用意してくれるなんて。

（今生の俺は随分と恵まれてる）

どの人生だってこの人のために命を惜しんだことはないが、今回は特にそうだ。

甘辛い匂いの漂う室内で、この人のためなら、と噛みしめるように銀次は思うのだった。

作ったおかずをどう弁当箱に詰め込むか苦戦している秋成を手伝うこともできず、やきもきしながら待つことしばし。どうにかこうにか納得のいく仕上がりになったらしい弁当を買ったばかりのランチバッグに詰め、秋成とともに家を出た。

行き先は海だ。昨日の夜に秋成が決めた。もちろん銀次に異論はない。

登下校の際は後部座席に座る秋成だが、今日は助手席に乗り込んできた。

「遠出だからな。眠くならないように隣でお喋りしてやろう」

後ろに座ってもらっても十分声は聞こえるのだが、気遣いにありがたく礼を言って車を発進させる。いくらも進まないうちに隣から忍び笑いが聞こえてきた。

「その服、似合ってるぞ」

銀次は短く沈黙して、どういう顔をすればいいのかわからず「はい」とだけ返す。

今日の銀次は黒のワークパンツに白いセーターを合わせている。昨日、秋成の見立てで買ったものだ。本当は着慣れたスーツで出かけるつもりでいたのだが、秋成に「スーツで弁当なんて広げたらレジャーっぽくないだろう！」と言われて着替えさせられてしまった。

隣の席から秋成の満足そうな視線が飛んできて、居心地悪くハンドルを握り直す。Ｖネックのセーターは首周りがゆったりしていて着心地もいいのだが、ラフな服装の自分を自分が一番見慣れておらず落ち着かない。

ちなみに秋成は細身のブラックデニムに白いTシャツ、その上から黒い襟つきシャツを羽織っている。首元には昨日買ったネックレスが揺れていて、相変わらずどこのモデルかと思うくらいの仕上がりだ。

目的地の海までは車で一時間と少し。高速に乗る前にコンビニに寄って、ペットボトルに入った緑茶を二本と、チョコレートとガム、ドリップコーヒーを二杯買った。

四月最後の日曜日は快晴。ゴールデンウィーク直前だが都内の道は空いていて、街路樹の緑が目に眩しい。

「たまにはこういうデートもいいな」

コーヒーの香りが広がる車内で、秋成は機嫌よく笑っている。はしゃいだ空気は銀次の胸の内にまで入り込んで、気がついたら「そうですね」と返していた。

口にしてから、デートは違うな、と我に返った。いつもならさらりと流すのに気が緩んだ。存外自分も浮かれているらしい。

「そうだろう。デートだよな」なんて追撃されるかと身構えたが、予想に反して助手席の秋成は静かだ。横目を向けると、満足げに唇を緩める横顔が目に飛び込んできた。

嬉しそうなその顔に小さく心臓が跳ねた。なんだか本当に恋人とのドライブを楽しんでいるかのような表情だったからだ。

何か言うべきかと思ったが、適当な言葉が浮かばない。デートではありませんね、とわざわざ念を押すのもおかしな話だ。逡巡（しゅんじゅん）しているうちに車が高速に入った。

「銀次、チョコ食べるか？」

こちらの動揺をよそに、秋成は膝に乗せていたコンビニの袋をがさがさと漁（あさ）って箱入りのチョコレートを取り出す。

「ガムもある」

「でしたら、ガムを」

「わかった。なあ、ガムとチョコを一緒に食べるとガムが溶けるって本当か？」

くだらない質問が飛んできて肩の力が抜けた。余計な念押しなどしなくてよかったと思いつつ頷く。

「溶けますが、そうなったらガムも一緒に飲み込まなくちゃいけなくなりますよ」

「それはちょっと、なんか嫌だな」

益体もないやり取りをしながら三十分ほど高速を走り、下道に下りてさらに車を走らせること十五分。

海の近くにある県立公園に到着した二人は、公園内の駐車場に車を停めて外に出た。

車を降りた秋成は、何十台も車が停められる駐車場を見回して「広いな」と驚嘆の声を上げる。

「奥には遊具のある広場もあるみたいですね。あとは公園をぐるりと一周する散歩道があるみたいです」

「駐車場が大きいわりに、園内に特別な施設があるわけじゃないのか」

「メインは目の前の海ですから。みんなそれを目当てに来るんでしょう」

「それもそうか。夏になれば公園なんてそっちのけでみんな海に直行するだろうしな」

二人分の弁当が入ったランチバッグを持ち、せっかくなので園内を通って海へ向かう。

芝の敷かれた広場では、小学生だろう子供を連れた家族がフリスビーを投げて遊んでいる。さらに進むとアスレチック遊具や砂場が現れた。こちらのエリアにはまだ歩き始めたばかりの小さな子供を連れた親が多い。

広場を抜けると左右に木々が生い茂る散歩道に出る。犬の散歩をしているのは地元の人間だろうか。五分も歩かぬうちに視界が開け、目の前に海が現れた。

「本当に、もうすぐそこに海があるんだな」

前方から強い海風が吹いてきて、秋成の声を後方に吹き飛ばす。

海に面した広場にはベンチが等間隔に並んでいる。藤棚のようなものも設置されており、その下にはウッドテーブルとベンチも置かれていた。

広場は砂浜から一メートルほど高い所にあり、石段を下りればすぐに浜へ下りられる。

数メートル先ではもう白波が裾を引いていた。

　オフシーズンの海にはほとんど人がいない。広場のベンチに座る人はまばらで、藤棚の下にも誰もいなかった。これ幸いと、ウッドテーブルにランチバッグを置く。

「この時期の海は静かでいいな。のんびりできる」

　テーブルに肘をつき、秋成は海を眺めて目を細める。額にかかる髪が風に飛ばされ、秀でた額が露わになった。幼い頃は丸みを帯びていた額も今はすっかり平らになって、高い鼻筋に続くその輪郭は男らしく引き締まっている。

　一緒に暮らしていると見逃してしまいがちだが、こんなふうに普段と違う場所で見ると秋成の変化が如実にわかる。高校生のときはもう少し線の細い印象があったが、あの頃より顎ががっしりしてきただろうか。手首の骨も浮き上がり、少年時代とはもう骨格が違うのだとふいに実感する。

　いつもより大人びた横顔に見入っていたら、秋成がこちらを向いた。たちまちいつもの無邪気な笑顔になって、「早速食べるか」とランチバッグに手を伸ばす。

「こっちの黒い弁当箱が銀次のな。箸と手拭きもあるぞ」

　自分の弁当箱を開けるのもそっちのけでこちらの反応を見ている秋成に苦笑して、除菌シートでしっかりと手を拭いてから弁当箱の蓋に手を添えた。

　弁当作りはすべて秋成に任せたとはいえ、食材の買い出しは一緒に行っているし、カウンター越しに調理の過程を見ていれば何を用意していたのかはなんとなくわかる。わかるのだが、弁当の蓋を開ける瞬間はわくわくした。

(……この感じを味わわせたかったのか)

銀次がキッチンに入るのを頑(かたく)なに拒んでいた秋成の心境をようやく理解して蓋をずらした瞬間、潮風に混じって醤油(しょうゆ)とニンニク、生姜の香りが鼻先に届いた。

銀次は軽く目を見開く。弁当箱に詰められていたのは、真っ先に匂いで存在を主張してきた唐揚げと、分厚い玉子焼き、切れ目を入れたウィンナー、アスパラの肉巻きだ。ぎっしりと詰められたおかずの横には、やはりぎゅうぎゅうに白米が詰め込まれている。

蓋を手にしたまま、しばらく動けなかった。

弁当だ、と思った。コンビニで売られているものとは違う。運動会や遠足のとき、同級生たちが持ってきていたあの弁当。

誰かが自分のために作ってくれる弁当なんて、自分には一生縁がないと思っていた。

無言で弁当を見下ろしていたら、待ちきれなくなったように秋成が身を乗り出してきた。

「どうだ? 足りそうか?」

「……はい、それはもう。驚きました。こんなに料理が上達してたんですね」

「そうだろう。早速食べてみてくれ」

銀次に褒められて気をよくしたのか、秋成は得意げに胸を反らして自分の弁当箱を開ける。そこに詰められていたのは、どれも少し焦げたり崩れたりしているおかずばかりだ。

銀次の視線に気づいたのか、秋成は慌てて自分の弁当を手元に引き寄せる。

「こっちはちょっと、失敗したやつだからあんまり見るな」

上手くできたおかずだけ選んで自分の弁当箱に入れてくれたらしい。理解した瞬間、喉とみぞおちの間に温かな空気を吹き込まれたような気分になって息を詰めた。

「……焦げた方を俺の弁当に詰めてくれてよかったんですよ」

黙っていたら胸の中で膨らんでいく空気に喉がふさがれてしまいそうで、栓を抜くように無理やり言葉を押し出した。

秋成はむっとした顔をして「それじゃ意味がないだろ」と言う。

「どうせだったら上手くできたところは銀次に食べてほしい」

「自分を優先してください」

「お前だっていつも肉とか魚の大きい方を私にくれるだろうが」

「坊ちゃんの体調管理も仕事のうちなので」

「それだけか?」

短く鋭い問いかけは、銀次の胸を鎧(よろ)っている常識や理性の隙間を正確にかいくぐり、すとんと胸に突き刺さる。

それだけなわけがない。熟れた果実に刃物を突き立てられたかのように、あっという間に本音が溢れて滴り落ちる。

「いいえ、大切だからです」

本当は、仕事も何も関係ない。

秋成は前世で何度となく命を懸けて守ってきたあの人だ。加えて今生では、あまりにも長い時間その傍らに立ってきた。

銀次のために泣いたり怒ったりしてくれる秋成を見ているうちに、前世で出会ったどの人より秋成が大事だと思うようになった。こうなるともう前世すら関係ない。過去を思い出さなかったとしても、秋成のためなら自分は命がけでその身を守っただろう。

本心を限界まで圧縮した銀次の言葉に、秋成は満足げな顔で目を細める。

「私だって同じだ。大切だから大事にしたい」

目の前には、見栄えのいいおかずがぎゅうぎゅうに詰め込まれた弁当がある。

きっと世の子供たちは、こんなふうに日常の端々で家族からの愛情を受け取っているのだろう。それを愛情とも自覚しないままに。

この年になってそんなことを知る機会を得るとは思わなかった。

銀次は震える息を吐くとぎこちない仕草で弁当の蓋を脇に置き、「いただきます」と両手を合わせた。

まずは色よく揚げられた唐揚げに箸を伸ばす。頬張ると、口の中でザクッと衣が音を立てた。生姜とニンニクの匂いが鼻から抜けていく。

秋成は無言でこちらを見ているが、どうだどうだと表情がうるさく感想を求めている。口の中のものをじっくりと咀嚼してから、銀次は口を開いた。

「美味いです」

お世辞でもなんでもなく本心から感想を述べれば、緊張した面持ちでこちらを見上げていた秋成が、「そうか」と白い歯を見せて笑う。

「こちらの玉子焼きも美味いですよ。ほんのり甘くて」

「少しだけみりんを入れた。銀次は甘すぎるの好きじゃないかと思ったから」

「ちょうどいい塩梅です。アスパラの肉巻き、穂先の柔らかい所だけ巻いてくれたんですか」

「そっちの方が口当たりがいいだろ。下の方は硬くて筋張ってるから」

見れば秋成の弁当に詰められたアスパラの肉巻きは茎の部分だけ使われているようだ。

銀次は無言で箸を伸ばすと、ひょいと秋成の弁当箱からアスパラの肉巻きを取り上げた。あっ、と声を上げた秋成の無防備な顔を見詰めて肉巻きを頬張る。確かに硬いが、きちんと筋を取っているらしく口当たりは悪くない。

「どうせなら坊ちゃんも穂先の方を食べてください」

言いながら、自分の弁当箱を秋成の方へ向ける。

秋成は唇をへの字にしながらも銀次の弁当から肉巻きを摘まみ上げた。

「せっかく柔らかい方を入れてやったのに……」

「硬い方だって噛み応えがあって美味かったですよ」

「そうかぁ？　……ん、本当だ、なかなか美味いな？」

表情をほどいて笑う秋成を眺め、銀次は何度も瞬きをする。

「一人暮らしを始めた頃は米も炊けなかった坊ちゃんが……」

思わずこぼせば、笑顔から一転、秋成の眉間にしわが寄った。海辺の強い風にくるくると風向きを変える風車のようだ。ずっと眺めていても飽きるということがない。

「いつの話をしてるんだ。今は一通り作れるだろう」

「さすがです。でも自分の食事を用意するときはもっと野菜を取らないといけませんよ」

弁当に入っていた唯一の野菜はアスパラくらいのものだ。全体的にタンパク質が多い。

秋成も弁当箱に視線を落とし、喉の奥で低く唸った。

「確かにそうだが、いつも銀次は手厳しいな」

せっかく用意してくれた弁当にケチをつけるような物言いになってしまったことに気づいて「余計なことを言って申し訳ありません」と謝ったが、秋成は機嫌を損ねたふうでもなく笑う。

「銀次が厳しいのは昔からだからな。褒めた後に必ず一つは欠点を指摘してくる」

それに関しては銀次自身も反省している。護衛の仕事の範疇を超えて口を出している自覚もあった。けれどどうしても、秋成を見ていると前世で出会ったあの人の姿を思い出してしまうのだ。

天子や王子、伯爵といった立場に立つあの人は、いつもしっかりと背筋を伸ばして他人を導いてきた。前世で見たあの人のように立派になってほしいと思えばいらぬ小言が増え、自分に学がないのも棚に上げて字を丁寧に書いた方がいいだとか、お礼と謝罪をするときはきちんと相手の目を見た方がいいだとか、思えば随分と口幅ったいことを言ってきたものだ。

秋成は綺麗な箸遣いで弁当を食べながら、昔を懐かしむような顔で笑う。

「厳しいけど、お前は私が何かできるようになると手放しで喜んでくれるだろう。逆上がりができたとか、学校の漢字のテストで名前を丁寧に書いたらちょっとだけ加点してもらえたとか、他の人間が聞いたら『よかったね』の一言で終わらせそうなことを、銀次はいつも本気で、噛みしめるみたいに喜んでくれた」

――努力した結果が出ましたね。さすがです。あれだけ頑張りましたからね。

そうした言葉を、銀次は惜しまず秋成にかけてきた。秋成のそばで努力の過程を目の当たりにしていただけに、自然と声にも熱がこもってしまう。

「そういうところが好きなんだ」

目を伏せて、ウィンナーを箸で摘まんだ秋成が言う。

さほど大きな声ではなかったが、やけにしみじみとしたその声音にぴたりと箸を止めてしまった。子供の頃、秋成が絶えず自分にかけてくれていた「好き」という言葉と、今のそれはまるで別物のように耳に響いて返す言葉が見つからない。

言葉もなく秋成を見詰めていたら、秋成がぱっと目を上げた。

「前から気になってたんだが、お前、ときどき誰かと私を比較してないか？」

唐突に話題が飛んだ。しかもそれが長く隠してきた事実をあぶりだそうとする内容だったので息を吞む。

前世の夢を見ていることは、秋成にはもちろん、他の誰にも話したことがない。口にしたところで信じてもらえるわけもないからだ。秋成の前であの人のことを匂わせたこともないつもりでいたが、何か滲み出てしまったか。

「私の前にも誰かの護衛をしていたことでもあったのか？」

「いえ、個人の護衛を担当させていただいたのは坊ちゃんが初めてです」

「本当か？　たまにお前が私と誰かを重ねて見ている気がして、少し妬ける」

冗談めかした口調ではあったが、当たっているだけに冷や汗をかいた。大した観察眼だ。ごまかすように「坊ちゃんだけですよ」と返すと「熱烈だな」と笑われた。

「そんなに私のことしか見てないくせに、いつまでも私の想いに応えてくれないんだからなぁ」

いつもの軽口かと思いきや、秋成はどこか物憂げな動作で唐揚げを口に運んで溜息をつく。

「お前の中で、私はいつまで『坊ちゃん』なんだ？　もうすぐ私も二十歳になるんだぞ」

「それは、長年そう呼んでいるので、つい癖で」

「今更呼び方はどうでもいいが、子供扱いはそろそろやめにしないか？」

まだ弁当を食べている途中だったが、秋成は箸を置くと背筋を伸ばした。

何か大事な話を切り出されるときの前触れだ。自然と銀次の背も伸びる。

「銀次、私の誕生日を覚えてるか？」

「六月十二日です」

「そうだ。あと二か月足らずで私も二十歳だ。家も出たし、掃除や洗濯や家事は一通りできるようになった。それなのに、お前の中の私はまだ子供のままか？」

まっすぐな視線を受け止めきれず目を泳がせてしまった。秋成の笑顔に子供時代の記憶を喚起されることはしょっちゅうなだけに否定できない。

黙り込む銀次の胸の内を読み取ったのか、秋成は呆れたような溜息をつく。

「なんのためにお前を連れて家を出たと思ってるんだ。もう子供じゃないところをすぐそばで見て、腹を決めてもらうためだぞ」

そんな話は初耳だ。目を丸くした銀次を見て、自分の意図がまるで伝わっていないと理解したのか秋成は当てが外れたような顔をした。

「中学のとき、お前に告白したら『ありがとうございます』なんて流されて、これは駄目だと思ったんだ。どんなに本気で告白しても、子供のうちは真に受けてもらえない」

銀次の脳裏に中学時代の秋成の顔が蘇る。秋成が川で溺れたあの日、告白してきた秋成が一瞬泣きそうな顔をしたのは、見間違いでもなんでもなかったのだ。

「ただ大人になるのを待つだけなのも能がない。お前の期待を裏切らないよう勉強は疎かにしなかったし、一人暮らしも始めた。服装や口調も子供っぽくならないよう気をつけてたつもりだったんだが、伝わってなかったか？」

改めて問われて言葉に詰まった。本当に自分は何も気づいていなかったのか。気づかなかったふりをしていただけではないか。

中学生だった秋成が、それまで「俺」だった一人称を急に「私」にしたのは、秋成が銀次に真剣な顔で告白してきた翌日だった。時を同じくして服も仕立てのいい、大人びたシルエットのものを選ぶようになった。

大学の正門から出てくるときの秋成を見れば一目瞭然だったではないか。他の学生とは一線を画すフォーマルな服装とそれに見合う姿勢のよさに何度見惚れたかわからない。

けれど自分を見て笑顔で手を振る秋成はいつまでも変わらず人懐っこくて、そのことに安堵して、自分に向けられる好意もまた幼い頃と変わらないのだと思い込んだ。

頭が真っ白になって何も言い返せない銀次に、秋成は追撃の手を緩めない。

「銀次、好きだ」

真剣な顔で言い渡されれば、鈍い銀次も理解せざるを得ない。冗談でもなんでもなく、秋成は本気で自分に恋心を寄せているのだ。

「銀次はそういう目で私を見たことはないのか？」

そういう、と口の中で繰り返す。普段より格段に頭の回転が鈍い。恋愛感情を向けたことがあるのかどうか、ということか。混乱する頭を必死で働かせて言葉を探す。

「初めてプロポーズをされたとき、坊ちゃんはまだ小学校にも上がっていませんでしたから、そういう目では、とても……」

「あの時点でそういう目を向けていたらそれはそれでマズいな」

煮えきらない銀次の反応はあらかじめ予想していたのか、秋成はさほど落胆した様子もなく再び箸を手に取った。

「成人してからはどうだ？」

「成人……坊ちゃんがですか？」

「他に誰がいる。十八歳はとうに超えたぞ」

「そうですが、十代で成人という感覚にまだ慣れないので」

「ああ、銀次の頃はまだ二十歳にならないと成人扱いされなかったか」

十年経てば社会のルールも変わってしまう。世代の違う相手から告白されているという事実を強く意識してしまい、銀次はそっと箸を置いた。両手を膝に乗せ、秋成に向かって深く頭を下げる。

「坊ちゃんの気持ちはわかりました。でも、俺には応えられません」

きっぱりと告げると、短い沈黙の後「理由は？」と尋ねられた。

「坊ちゃんは護衛対象ですし、やはりまだ、十代なので……」

「だったら今すぐお前を解雇する。そうすれば護衛対象ではなくなるな？」

淡々とした声から秋成の本気を感じ取り、慌てて顔を上げた。それは困る。自分には秋成を守るという前世から続く使命があるのだ。護衛という立場はその目的を叶えるためにこの上なく便利で、是が非でも手放したくはない。

「間違えました、護衛対象であることはお断りする理由になりません」

「だったら問題は私が十代であることだな。そこさえクリアすれば、やっとお前は私の想いを真正面から受け止めてくれるんだな？」

言葉尻を奪う勢いで問いただされ、その迫力に頷いてしまいそうになった。辛うじて首を斜めに振り、苦しい言い訳をする。

「今の今まで、俺は坊ちゃんの言葉をまともに受け止めていませんでした。そのことは本当に、申し訳ありません。ですが、小学生だった坊ちゃんを知っている身としては、いきなりそういう目で見ろと言われても難しく……」

「だから私の誕生日まで猶予をやる。あと一か月以上あるんだ。その間に私が恋愛対象になるかどうか見定めろ」

こういうときだけ秋成の口調は強い。他人に命令を下すことに躊躇のない声音は父親である鷹成の声に似ていて、この人はもうとっくに声変わりも済ませていたのだと場違いに思い知る。そんなことはわかっていたはずなのに、出会った頃の幼い印象がどうしても拭えなかった。それが今、低い声に耳を打たれて目が覚めた気分だ。

うろうろと視線を動かしながら秋成に目を向け、視線がかち合って慌てて目を伏せる。

そんな銀次を見て、秋成は猫のように目を細めて笑った。

「どういう目で私を見ればいいかわからないような顔をしているな」

当たり前だ。これまでずっと子供のような笑顔で「好きだ！」「結婚するぞ！」なんて言ってきた相手が、急に大人びた顔で迫ってきたのだから。

喉の奥で低く唸った銀次を眺め、秋成はしたり顔を浮かべた。

「大進歩だ。出会ってから今まで子供を見るような目でしかこっちを見たことがなかった銀次が、ようやく意識してくれた」

言いたいことを言って気が済んだのか、機嫌よく弁当を食べ始めた秋成を見て途方に暮れる。

誕生日を待たず今すぐ返事をするべきではと思ったが、なんと言えばいい。仕事を理由に断れば護衛を外されてしまう。年齢に関してはもうすぐ不問になる。

呆然自失の銀次を眺め、「意外だな」と秋成は口にする。

「真っ先に、男同士だから無理だ、なんて言われると思ってたんだが」

あ、と思わず声を上げる。言われるまでそのことが頭にも浮かばなかったことに自分自身驚いた。自分は異性愛者のはずだ。護衛の仕事を始める前につき合った相手だって全員女性だったではないか。

それなのになぜ、と考え、銀次はハッと顔を上げる。

（夢か）

考えてみれば、前世の夢に出てくる自分も同性であるあの人に惹かれていた。だがそのことに違和感を覚えたことは、子供時代から今に至るまで一度もない。

ということは、自分にはもともとそういう素地があったということだろうか。

「最大の懸念事項が消えて何よりだ。銀次はゲイなのか？」

「違います」

反射的に即答していた。どれほど丹念に記憶を浚っても、同性に対して恋愛感情を抱いた記憶はない。

ならばかつてつき合った女性に対して恋愛感情があったかと問われると、これにも首を傾げざるを得ない。過去につき合ってきた女性たちは、帰る家のない銀次に家と食事を提供してくれた者ばかりだ。声をかけてくるのは常に相手からで、寝床を確保するため銀次はそれに応えていた。

思い返せば自分には、他人に対する興味や執着が著しく欠けている。

唯一の例外があるとすればそれは、秋成の存在だけだ。

（――そんなこと、口が裂けても言えるわけないだろ）

秋成の耳に入ったら勘違いされてしまう。秋成が特別なのは事実だが、そういう対象として見たことはない。秋成は子供だったのだから。

だが目の前に座る秋成はもう子供ではない。成人した男性だ。

大波のような混乱が押し寄せる。箸を手にしたまま硬直していると、先に弁当を食べ終えた秋成にとんでもないことを言われた。

「誕生日を迎えたら全力で迫るからな。プレゼントは用意しなくていい。欲しいものはお前だ。覚悟しておけ」

遠い昔、ピカピカのランドセルを背負って銀次と手をつないでいた相手からそんな言葉をかけられる日がくるとは。

もはやどんな顔をすればいいのかわからず、銀次はなす術もなく両手で顔を覆った。

こんな状況で車の運転などしては事故を起こすのでは、と本気で不安を覚える銀次とは対照的に、その後も秋成は終始上機嫌で弁当を食べ、海辺を散策した。

これまでとあまりに変わらないその態度に少しばかり銀次も平静を取り戻してきた頃、ちょっとした事件が起きた。

帰りもコンビニで買い物をしていこうと秋成に誘われ、公園から少し離れたコンビニに寄った帰り道でのこと。車道脇を歩いて公園の散歩道まで戻ってきたところで、前方から大型バイクが走ってきた。

道は緩くカーブしていたが、バイクはまっすぐこちらに突っ込んでくる。バイクのハンドルには携帯電話ホルダーがついていて、運転手はそちらに目を奪われているようだ。

危険を察した銀次の行動は早かった。隣を歩いていた秋成をほとんど体当たりする勢いで公園の歩道へ押し込み、自分は散歩道の入り口で仁王立ちになってバイクが突っ込んでくるのに備えた。万が一バイクがこのまま直進してきても、秋成のいる散歩道に被害が及ばないように。

幸いバイクに乗った相手が直前で慌ててハンドルを切ったので事故には至らなかったが、あと少しタイミングが遅かったら歩道に乗り上げ銀次を撥(は)ねていたところだ。

バイクを見送ってから、銀次は背後の散歩道を振り返る。

木々の間を縫う細い小道は、頭上を木の枝が覆っているせいか昼でもなお薄暗い。日差しの乏しいその場所で、秋成は呆然とした顔でこちらを見ていた。

「……坊ちゃん？」

秋成の顔がひどく翳って見える。まさか突き飛ばしたせいで足でも捻ったか。慌てて駆け寄ってみるが、秋成の顔にはなんの表情も浮かんでいない。それでいて、暗がりでもわかるほどその頬は青ざめている。

「――銀次。今、どうして一緒に逃げなかった？」

唐突に秋成が声を上げた。秋成にしては珍しく抑揚の乏しい、感情の窺えない声だ。戸惑っているうちに秋成の手が伸びてきて腕を摑まれた。

「お前も一緒にこの道に飛び込んでくれば安全だっただろう。どうして一人で歩道に残った？　バイクが突っ込んできたらお前だけ撥ねられるぞ」

秋成の表情は能面のように変わらない。それでいて腕に食い込む指先はぎりぎりと力を強めて痛いくらいだ。銀次は顔を顰めることもなく、されるがまま口を開いた。

「もしもあのままバイクが縁石を乗り越えてきていたら、ハンドルを取られてどの方向にスリップするかわからなかったからです。でも俺が道の入り口をふさいでおけば……」

「死にたいのか？」

銀次の言葉を遮った秋成の声は、驚くほどに冷え冷えとしていた。

何も言い返せず秋成の顔を見下ろす。死にたいわけではないが、秋成のために死ぬのであれば、それはごく自然なことだと思った。

無言を貫く銀次を見上げ、秋成は銀次の腕を摑む手から力を抜いた。そのままこちらに背を向け、駐車場に向かって歩き出す。常にないその態度を不審に思いながら、銀次も後を追いかけた。

無言で駐車場までやってきた秋成は、車の前で立ち止まると銀次に背を向けたままぽつりと呟いた。

「銀次。今日、楽しかったか？」

出し抜けに尋ねられ、戸惑いながらも頷いた。

「もちろんです。あんな豪勢な弁当まで用意してもらって、感動しました」

「そうか」

秋成は空を見上げると肩を上下させて大きく息を吐き、それから勢いよく振り返った。

「ならいい」

直前までの沈んだ表情を吹き飛ばし、秋成は満面の笑みを浮かべて言った。

急激な表情の変化についていけず立ち尽くす銀次を置き去りに、秋成は助手席に回り込んで「早く鍵を開けてくれ！」と明るい声を上げた。

散歩道で見た凍りついたような表情が気になったが、あの顔が嘘のように秋成は楽しそ

うに笑っている。いつもの眩しい笑顔に目を眇め「はい」と銀次も車の鍵を開けた。これからまた一時間半のドライブだ。

駐車場を囲む木々の向こうからは、遠い海鳴りが響いていた。

――欲しいものはお前だ。覚悟しておけ。

などというとんでもない口説き文句を秋成からぶつけられた翌日、まだ日も昇りきらぬ早朝のキッチンで、銀次は黙々とシンクを磨いていた。前日の秋成の言葉が衝撃的で上手く寝つけず、朝も早々に目が覚めてしまったからだ。

銀次の心を大いにかき乱した張本人の秋成は、海からマンションに戻る道中も、帰りに寄ったスーパーでも、もちろんマンションに戻ってからも、普段とまったく態度を変えなかった。眠るときもいつも通り「お休み」と笑顔で銀次に声をかけ自室に戻ってしまい、あの告白を蒸し返そうともしない。

硬く絞ったふきんでシンクの水滴を乾拭き(からぶき)した銀次は、シンクの縁に手をついて押し殺した息を吐いた。

(どこまで本気なんだ、あの人は)

こちらはどういう態度で秋成と接すればいいのかわからず、ほとほと困り果てているというのに。

秋成の誕生日まであと一月半。一体どんな答えを出せばいいのだと低く唸る。

そうこうしているうちに秋成が起きてくる時間になって、銀次は緊張した面持ちで朝食の準備を始めた。だが、いつまで経っても秋成がリビングにやってこない。

いつもは放っておいても起きてくるのに。まさか具合でも悪いのかとリビングを出たところで、秋成の私室のドアがゆっくりと開いた。

昨日の告白が頭を過って一瞬声に詰まったものの、廊下に出てきた秋成の顔を見たら動揺がどこかへ吹き飛んだ。秋成がひどく青ざめた顔をしていたからだ。

「どうしました、坊ちゃん。具合でも悪いんですか?」

朝の挨拶も忘れて大股で近づいてくる銀次を、秋成は無言で凝視している。本来ならここにいるはずのない人間を見るような、驚愕と安堵が入り混じる表情で。

なぜそんな顔を向けられるのかわからず戸惑っていると、秋成がゆっくりと一つ瞬きをした。薄く開いた唇から、は、と短い息が漏れる。

「本当にどうしました。熱でも?」

「……いや、大丈夫だ」

とても大丈夫とは思えず秋成の顔を覗き込んだ銀次は、その目に薄く涙が浮かんでいることに気づいて息を呑んだ。

秋成はそれを隠すように顔を背け「顔を洗ってくる」と洗面所に入ってしまう。すぐに洗面所から水音が響いてきて、銀次は心配顔のままキッチンに戻った。

しばらくすると、着替えを済ませた秋成がリビングにやってきた。足取りこそしっかりしているがやはり顔色が悪い。ダイニングテーブルに着いた秋成に、「朝食はどうします？」と尋ねる。

「普段通り用意してくれ」

「無理をしなくても……」

「してない」と言って、秋成は微かに笑った。寝起きだというのにひどく疲れた表情で。

銀次は言われるままテーブルに秋成と自分の朝食を並べ、その向かいに腰を下ろした。

秋成は両手を合わせ「いただきます」と挨拶してから食事を始める。食欲はあるらしく、普段と同じペースでパンやヨーグルトを口に運んでいるのでほっとしたが、食事の合間にひどく憂鬱そうな顔で溜息をつくのを銀次は見逃さない。

「今日は何か、気が重くなるような予定でも？」

何度目かの溜息の後、我慢できずに尋ねてしまった。

心配顔の銀次に気づいたのか、秋成は唇に微苦笑を浮かべる。

「ちょっと嫌な夢を見ただけだ」

「どんな夢です？」

問いかけに、秋成の顔からすっと表情が抜けた。

「悪い夢は口にすると正夢になるんじゃなかったか？」

「口にすると逆夢になるとも言いませんか？　口にしてみては？」

それで秋成の気が晴れるならと思ったが、秋成はじっと銀次の顔を見て首を横に振った。

「やめておく。現実になったら嫌だ」

よほど嫌な夢だったらしい。これ以上この話題には触れない方がよさそうだ。

朝食後、学校に向かう車に乗り込んでも秋成の顔色は冴えなかった。口数も少ない。

どうせ明日からゴールデンウィークだ。今日から休みにしてしまえばよかったのではと思いながらバックミラーでちらちらと秋成の様子を窺っていると、窓の外を見ていた秋成がこちらを向いた。

「運転に集中しろ」

「すみません」

とっさに謝ったものの、秋成がこんなにふさぎ込むことなど珍しい。どうしたって気になってしまい赤信号で再びバックミラーに目を向けると、鏡越しに秋成と目が合った。

「銀次は今日、何か夢を見なかったのか？」

少しだけ普段の調子が戻ってきたのか軽い口調で尋ねられ、ほっとした気分で「見ませんでした」と返した。昨日の告白が気になって寝つきが悪かったせいだ。

再び動き出した車の中で、秋成は質問を重ねる。

「普段からあまり夢は見ないのか」

「いえ、よく見る方だと思います。週に何度かは見てますから」

昔の夢を見るのは月に一度か二度で、他はごく一般的な夢を見る。前世の夢は映画を見ているような鮮明さだが、それ以外の夢はどれもこれも断片的で、目覚めたときにぼんやりといくつかのシーンを思い出せる程度だった。

「音は聞こえるか？」

後部座席から不可解な質問が飛んできて、前を見たまま「音？」と返す。

「夢の中の音は聞こえるか？」

「聞こえている、と思います。夢の中で喋っている人の言葉がわかるので」

短い沈黙の後、そうだよな、と小さな呟きが返ってくる。

「私もそう思ってたんだが、今日の夢は音が聞こえなかった。完全な無音じゃなく、ときどき何か物音が聞こえるのに人の声は聞き取れない。テレビのボリュームを限界まで絞ったような……。みんなして何を喋っているんだかわからないからイライラして、目覚めたときの気分は最悪だった」

それで今朝は浮かない顔をしていたのかと納得しかけたが、それだけにしては顔色が悪すぎた気もする。

「銀次は音のしない夢を見たことないか？」

「音のない夢は見たことがありませんが、色のない夢なら見ますね」

「モノクロってことか？」

「ええ。たまにですが」

　前世と関係のない夢は基本的にフルカラーだ。ごくまれに白黒になることもあるが、その場合は途中で色がつく。例えば海の夢を見たとき、海だ、と認識した途端、黒い海に一瞬で青く色がつくのだ。これは前世の夢を見ているときには起こらない現象だった。

「夢を見ている最中に色がつくこともありますが、あれは目が覚めて夢の内容を思い出しているときに色をつけてるのかもしれません」

「記憶の補正を行ってるってことか。私はいつもフルカラーの夢を見るが、もしかするとそれも目覚めてから色をつけているだけかもな」

「夢の見え方は人それぞれですから。静止画だけの夢を見る人もいるらしいですよ。逆にまったく見ない人も」

「人によって夢の見え方は違うんだな……」

　秋成は独白じみた口調で呟いて、再び窓の外に目を向けてしまう。

　一体どんな夢を見たのだろう。気になったが、秋成はその内容を口にするのも憚る様子だ。無理に聞き出せるわけもない。

たまにバックミラー越しに秋成の表情を窺ってみるが、その横顔は相変わらず青白く、表情も硬い。また秋成に迫られたらどうしたものかと思っていたが、そんなことで悩んでいた自分が恥ずかしくなるくらいだ。

結局その後は特に会話もなく、大学のそばの駐車場に到着した。

いつものように大学前の横断歩道まで送り届けた銀次に、秋成は「行ってくる」とだけ言って信号を渡り始めた。

銀次は道路の対岸に立って秋成を見送る。

もう四月も終わるというのにまだしぶとく残っていた桜の花びらがどこからか吹いてきて、銀次の爪先を吹き抜けていった。

夢見が悪かったとかで青い顔で起きてきたその日を境に、銀次に対する秋成の態度が変わった。

最初にそれに気づいたのは、連休中に秋成の実家に帰ったときだ。

秋成は普段ほとんど実家に帰らないが、夏休みや春休みといった長期休暇中は家に顔を出している。自宅に用があるというよりは銀次を休ませるためだ。

秋成と同居するようになってから、銀次の仕事とプライベートはほとんど一体化している。平日の日中は家事さえ終えれば残りは好きに過ごしていいと言われているが、空き時間は有事に備えて大学近くの駐車場で待機していることがほとんどなので自由時間とは言いがたい。そんな中、秋成が実家に帰っている間だけは銀次も護衛の任を解かれ、別の護衛が秋成につくことになる。

とはいえ秋成の護衛を解かれた銀次がすることといえば御堂家の屋敷周辺の警備で、結局秋成のそばにいる。秋成も当然それをわかっているので何かと銀次に声をかけてくるのだが、今回の帰省中はそれが一度もなかった。

これには銀次だけでなく、周りの護衛たちにも衝撃が走った。四六時中銀次にべったりだった秋成が四日も銀次を呼びつけないなんて、具合でも悪いのではと案ずる者さえ出てきたほどだ。

だが、連休が明けてマンションに戻る車中で秋成から話を聞いてみればなんということもない。秋成はこの四日間海外ドラマにはまっていたとかで、昼夜を問わずネットで配信されるドラマを見ていたらしい。

目の下に隈を作りながらもそう報告してきた秋成は元気そうでほっとした。

マンションに戻ってからも、秋成は暇さえあればドラマを見るようになった。おかげで休日に二人で出かけることもなくなり、それどころか家の中での会話すら減った。以前のように銀次に「好きだ」と言ってじゃれついてくることもない。

海辺で本気の告白をされ、今後もあの調子で迫られたらどう対応したものかと内心悩んでいた銀次は、肩透かしを食らった気分で日々を送ることになった。

さらに連休が明けて間もなく、秋成は急に「サークルに入りたい」と言い出した。同じ学部のESS部員に海外ドラマを見ていると伝えたら、サークル内でドラマを見ることもあるから入部しないかと誘われたそうだ。

単なる護衛でしかない銀次にそれを止める権利はない。

ただ、ドラマのせいで最近秋成の眠る時間が極端に遅くなっていることと、顔色が冴えないことだけが気になった。少しやつれたようにも見え、一度病院に行った方がいいのではと何度か口にしたが「単なる寝不足だ」と取り合ってもらえなかった。

ほどなく秋成はESSサークルに入部した。

サークルに入れば帰宅時間も遅くなる。どれだけ生活サイクルが変わるだろうと多少懸念していたものの、サークル活動は週に二回、遅くとも二十時までには活動を終えて学校から出てくる。飲み会が多いと聞いていたが、それも月に一度程度だそうだ。

サークル活動自体はそう多くないが、活動のない日も秋成の帰りは遅くなった。サークル仲間と学校帰りに本屋や喫茶店に寄るようになったためだ。

そういうときは銀次も秋成から距離をとって護衛をする。銀次のような強面の大男が背後にぴったりとくっついていては、周りの友人たちも気詰まりだろう。

同年代の学生たちと楽しそうにお喋りをする秋成の姿を遠目に見て、ようやく秋成の視野も広がって、銀次のような年の離れた男に構っている場合ではなくなったかとしみじみ思った。

嬉しいような、寂しいような、なんとも複雑な心境だが、巣立ちのときは突然やってくるものだ。誕生日までに覚悟を決めろと言ったあの言葉を蒸し返されることもないし、もしかするとこのまま、あの告白自体なかったことになるのかもしれない。

秋成がサークルに入部してから二週間近く経ち、そんなことを考えていた矢先のことだ。いつものように秋成を車の後部座席に乗せてマンションに向かっていたら、突然背後から「あぁ……」という秋成の間延びした声が上がった。

「どうしました？」

尋ねながらバックミラーを確認すれば、秋成が携帯電話を握りしめてぐったりとシートに凭れかかっている。具合でも悪くなったかとブレーキを踏みかけたところで、秋成がのろのろと顔を起こした。

「岸島のおじさんから連絡があった」

銀次は軽く目を見開く。

岸島は、秋成の祖父である吉成の姉が岸島家に嫁いでなした子である。父親の従兄弟にあたる岸島のことを、秋成は昔から「岸島のおじさん」と呼んでいた。

御堂家の家系図からは外れた存在であるが、岸島は秋成の父親と同い年ということもあり、吉成がまだ存命だった十年ほど前まではよく御堂家にも出入りしていた。最近は顔を見ていなかったが、御堂グループの系列会社でそれなりの役職に就いていたはずだ。

「岸島さんから坊ちゃんに直接連絡が？」

「だいぶ前にアドレスを交換したことがあったから……。驚いたな。うちに来るそうだ」

「うちって、マンションにですか？　ご実家ではなく？」

「そうらしい。遅くなったが、大学の入学祝いを渡したいそうだ」

「入学から一年以上経った今になってですか」

銀次は人差し指で軽くハンドルを叩く。

岸島のことは銀次も覚えている。吉成は甥の岸島をことのほか可愛がっており、岸島もそれに気をよくして御堂家でも我が物顔で振る舞っていたものだ。銀次も屋敷の警護中、岸島から「邪魔だ！」と理不尽に怒鳴られ、蹴られたことがある。吉成の一人息子である鷹成より、よほどヤクザらしい男だった。

吉成亡き後はさすがに好き勝手できなくなったのか御堂家から足が遠のいていたが、十年ぶりになんの用だろう。

バックミラーを見ると、携帯電話のディスプレイに照らされた秋成の顔が見えた。その表情はひどく憂鬱そうで、それが銀次には少し意外だった。

岸島は銀次たち護衛にはすこぶる態度が悪かったが、幼い秋成には別人のように甘かった。毎回抱えきれないほどの玩具や菓子を秋成にプレゼントしていたし、遊び相手にもなってやって、秋成もすっかり岸島に懐いている様子だったのだが。

「銀次。あの人が来てもお前は自分の部屋から出なくていいぞ」

溜息交じりに言い渡され、まさか、と銀次は眉を上げる。

「そうもいかんでしょう。お茶くらい出しますよ」

「やめておけ、絡まれたら面倒だ」

秋成の口調は苦々しげだ。とても岸島に好意を抱いているようには見えない。

「昔は岸島さんが来ると大はしゃぎだったのに、今はあまり嬉しくなさそうですね」

思ったことをそのまま口にすると、背後から溜息とも笑い声ともつかない密やかな息遣いが返ってきた。

「昔はな、好きだった。よく遊んでくれたし」

「今は違うんですか。まさか……何かされましたか?」

銀次の声がぐっと低くなる。自分の目が届かないところで岸島から横暴な振る舞いでもされていたか。だとしたら何があっても岸島と秋成を会わせるわけにはいかない。

銀次の懸念に気づいたのか「違う」と秋成が笑う。

「何かされたのはお前だろう。私のためにおじさんに口答えなんてして、殴られて」

銀次は小さく息を吞む。随分と昔の話だが、秋成がそれを知っていたとは思わなかった。古い記憶が蘇る。

岸島は、幼い秋成に甘かった。だがそれは秋成を可愛がっていたからというより、まだ右も左もわからない秋成に取り入ろうとしているようにしか銀次には見えなかった。

岸島の母親は吉成の実姉だが、外に嫁いだ以上もう御堂の人間ではない。岸島自身、叔父である吉成が亡くなればもう御堂家から切り離されてしまうことくらいわかっていたのだろう。そこで目をつけたのが幼い秋成だ。

せめて秋成を味方につけようと、岸島は秋成にあることないこと吹き込んだ。自分がいかに優れた人間であるかをでっち上げるくらいはまだ許せたが、仕事で家を空けがちな秋成の両親を悪しざまに罵ったのは看過できなかった。両親がそばにいないのは二人とも秋成のことが嫌いだからだと言い放ち、自分だったら寂しい思いはさせないなどといけしゃあしゃあと口にするので、さすがに我慢ができなくなったのだ。

「あんたの見苦しい妄想を坊ちゃんに吹き込まないでください」

岸島の言葉に落ち込む秋成を見ていられず、銀次は秋成のいない場所で岸島に向かって言い放った。

まだようやく二十歳になったばかりで、周りからも若造扱いされている銀次から正面切ってそんなことを言われた岸島は呆気にとられた顔をした後、容赦なく銀次を殴り飛ばしてきた。激しい暴行は長時間にわたって行われたが、銀次は黙ってそれに耐えた。怖くはなかった。こんなことでは自分は死なないという確信があったからだ。

自分が死ぬときは秋成を命の危機から守るときだ。こんな物陰で、秋成のあずかり知らぬところで死ぬわけがない。

どんなに殴られても怯えを見せず、それどころか何度でも「坊ちゃんに嘘っぱちを吹き込むな」と凄んでくる銀次を、最後は岸島も薄気味悪い目で見ていたものだ。

「あのとき、銀次とおじさんがどんな話をしてたのかよくわからなかったが、いつも優しかったおじさんがお前に対してひどく手を上げているのを見て目が覚めたんだ」

岸島のおじさんはいつもお土産を買ってきてくれるし、一緒に遊んでくれる。優しい人だ、いい人だ、嘘なんてつくわけがない。そう思っていたが、自分に向ける顔と銀次に向ける顔が別人のように違っていて間違いに気づいた。

人間の顔は一種類ではない。相手によってその顔つきはガラリと変わる。

自分に向けられる顔だけを信じてはいけないのだ。その裏に、まったく別の顔があるのだと理解しておかなければ。

そう心して周りを見回してみれば、自分に対してやけに優しい人たちの姿が目につくようになる。大抵は祖父や両親の知り合いだ。注意深く観察すると、自分に対する態度とそれ以外の、たとえば銀次たち護衛に対する態度が違うのもわかってくる。自分との接し方も、よくよく見ればおざなりな部分が多い。

一方の両親は、たまにしか帰ってこないし自分に対して厳しいことも言うが、こちらの話を最後まできちんと聞いてくれる。適当に愛想笑いをして話を切り上げようとはしない。一時は岸島の言葉に惑わされ、両親から嫌われているのではと不安になったこともあったが、自分に対する両親の態度を見ていればそんな気持ちも淡雪のように消えてしまった。

「銀次のおかげで世の中にはいろいろな人がいるんだとわかった。早いうちに理解できたのは運がよかったと思う。特に、うちは特殊な家庭環境だからな」

秋成の祖父は御堂組の元組長だ。すでに組は解体されているとはいえ、かつての人間関係はそう簡単に切れない。同業者からは未だに恨まれているし、裏稼業の甘い汁を吸っていた連中からは、もっとうまく稼ぐ方法があるとそそのかされる。

さすがに吉成や鷹成はそんな口車に乗らないが、幼い秋成はまだガードが甘い。吉成も孫の言うことなら耳を貸すのではないか。そんな浅はかな思惑を抱えた有象無象が秋成に寄ってくる。

本人がそのことを自覚して警戒を強めてくれるのが一番だが、銀次は幼い秋成に汚い連中の腹の底を直視してほしくなかった。せめてもう少し大きくなるまでは自分が防波堤になれないか。そんな驕った考えで周りに噛みついていた過去を思い出して少々居た堪れない気分になっていたら、秋成が後部座席から身を乗り出してきた。

「あの頃銀次がよく顔を腫らしてたのは、岸島のおじさん以外にも同じようなことをしてくる人がいたからか？」

「……どうでしたかね。仕事とは関係なくケンカでもしてたんじゃないですか？」

「当時も『ただのケンカです』なんて言ってたな。四六時中私のそばにいたくせに、どこでケンカなんかしてたんだ？」

面白がるような声で追撃されて肩を竦めた。わかっていても言わせたいのだろうが、銀次としては蒸し返されると居心地が悪い。あんなのは若気の至りだ。今ならばもう少し穏便なやり方があっただろうと思うし、反省こそすれ自慢などできない。

「身を乗り出すと危ないですよ。ちゃんと座ってください」

銀次に返事をする気がないとわかったのか、秋成はつまらなそうにシートに凭れた。

「銀次のおかげで人の顔を観察する癖がついた。お前のこともよく見てたんだぞ。気づかれないようにこそこそ後をつけたりもしてた」

それは本当に気がつかなかった。あの頃は人手が足りないときに屋敷の警護に当たることもあったが、そういうときだろうか。

「びっくりしたでしょう。坊ちゃんと一緒にいるときと違って態度が悪かったから」

ろくな家庭で育たなかった銀次は礼儀作法も知らなければ、まともな口の利き方すら知らない。秋成に対してだけは最初から敬語で接しているが、ところどころほころびがあるのは自分でもわかっている。秋成以外の人間には敬語を使おうとすら思わない。年上の同僚に対してもぞんざいな口調で、この仕事に就いた頃は同僚とのいざこざも多かった。

「そうだな。こっそり盗み見たお前は口が悪くて、少し怖くて、もしかすると岸島のおじさんみたいに私の前でだけ優しい顔をしているんじゃないかと不安になった」

「……それは、余計な心配をかけさせて申し訳ありませんでした」

運転中なのが悔やまれる。本当ならきちんと秋成の目を見て、深く頭を下げたいのに。

けれどその後車内に響いたのは秋成の柔らかな笑い声だ。

「大丈夫だ、すぐ勘違いに気づいたから。私の前にいるときと違って愛想は悪かったが、銀次はいつもちゃんと仕事をしてた。余計なお喋りをしないし、他のことに気をとられたりもしない。だからすぐわかった。『銀次は私以外の人と仲良くする気がないから、私がいないところでは笑わないしお喋りもしないだけなんだな』って」

「ああ、ちゃんと伝わってましたか。よかった」

銀次はハンドルを握りしめていた手を緩める。秋成がそばにいようといなかろうと仕事の手を抜かなかった昔の自分を褒めてやりたい。おかげで秋成を人間不信にせず済んだ。

胸を撫で下ろしたはいいものの、なぜかそれきり会話は途切れ、秋成の声が聞こえなくなった。不思議に思ってバックミラーを見れば、秋成が両手で顔を覆っている。

「……否定しないのか」

「何がですか？」

「いや、いい。お前がその調子だから私も妙な疑いを持たずに済んだんだ」

顔を覆っていた手を下ろした秋成の顔に浮かんでいたのは、くすぐったそうな笑みだ。

「銀次はいつだって私を最優先にしたし、私に関するどんな些細なことも雑に扱わなかった。まともに耳を貸すまでもないようなお喋りにも根気強く相槌を打ってくれたし、こちらの言葉を遮らなかった。私の思ったことや考えたことを聞きたがってくれた」

「それはもう、日々成長する坊ちゃんの変化を一つも見逃したくなかったので」

秋成は前世で幾度となく出会ってきたあの人の生まれ変わりだ。

あの人は出会った瞬間から自分とは比べ物にならないくらいたくさんのものを背負っていて、けれどその重圧を面に出すことなく平然と背筋を伸ばしていた。

そうした立派な姿しか見たことがなかっただけに、幼い秋成の姿は衝撃的だった。あの人にも子供時代があったのだという当たり前のことに感動したし、その成長をじっくりと見守れる今生の自分は大変な幸せ者だとも思った。

本心からの銀次の言葉に、秋成はまたくすぐったそうに肩を竦める。

「子供の頃は本当に心強かった。銀次はどこにいても変わらない。私のいないところでは態度と口調が変わっても、私を一番に考えてくれるところは絶対だ」

一息でそこまで言って、秋成は小さく息をついた。

「そういうお前だから、私は――……」

車内に沈黙が落ちる。これまでなら間を置かず「好きになったんだ！」なんて笑顔で言い放たれる場面だが、秋成は目を伏せて何も言わない。それどころか、苦しそうな顔で溜息などついている。

そんな顔をするくらいなら続きを口にしてくれればいいのに、などと思ってしまってぎょっとした。好きだと言われたところで応える言葉を持たないくせに。

赤信号に引っかかって車を止めると、秋成がゆっくりと目を上げた。バックミラーを見ていた銀次と目が合うと、口元に苦い笑みを浮かべる。

「あんまり親身になってくれるから、長年甘えてしまって悪かった」

薄暗い車内に浮かび上がった秋成の表情は大人びて、もう子供の頃の面影もない。

子供ではないから、冗談めかして銀次に「好きだ」と言うこともない。代わりに銀次が答えを出すのを静かに待っている。期限は秋成の誕生日だと明示して。

泣いて駄々をこねれば我儘がすべて通るような時期はとっくに過ぎて、秋成はきちんと銀次と交渉をしているのだ。

ハンドルを持つ手にジワリと汗が滲む。これまで見て見ぬふりをしてきた焦燥がふいに腹の底から湧き上がってきた。

秋成の誕生日まであと十日。それまでに答えを出せなかったらどうなるのだろう。

幼少期から見守ってきた十歳以上も年下の秋成に恋愛感情を抱けるかどうか。そう己に問うだけで罪悪感を刺激されるというのに答えなど出せるのか。

答えが出ないということはつまり、秋成に恋愛感情を抱けないと言っているのも同然だ。そうなればさすがに同居は解消される。護衛の任も解かれるだろう。

(だとしても、個人的に坊ちゃんの護衛を続けることはできる)

家の中までは無理だが、外出時などに離れた場所から見守り続けることは可能だ。秋成の命を守ることさえできれば護衛の任を解かれたって問題はない。

たとえ別の誰かが秋成の護衛をすることになったとしても——。

(嫌だ)

それまでつらつらと胸の中で並べていた言葉が、自分自身のきっぱりとした拒絶の言葉でぶつ切りにされた。

どうにか理性的であろうとする言葉たちを押しのけ、唐突に前に出てきたそれに自分でも驚いた。しかもその一言で感情をふさいでいた栓が抜けてしまったかのように、嫌だと思う気持ちが激しく噴き上がってくる。

秋成の隣に他の誰かが並ぶのだと思ったら途端に平静でいられなくなった。今生はもちろん、前世のどの時代でもそんなふうに思ったことはなかったのに。

秋成の隣を他の誰かに譲りたくない。

なぜ、と問われれば口では仕事だからと答える。胸の中では運命だからと呟く。だが本当にそれだけか。運命の下に、何かもう一つ答えがある気がする。

「銀次、信号変わってるぞ」

秋成に声をかけられ、急速に現実に引き戻された。見れば信号はとっくに青に変わっている。

「失礼しました」と告げゆっくりとアクセルを踏み込む。何か大切なことに指先が引っかかった気がしたが、その感触はハンドルから伝わってくる振動でかき消されてしまった。

「ところで、岸島さんはいつこちらに来ると?」

現実的な問題に頭を切り替えて尋ねると、「今日」と返ってきた。

「は？　今日、これからですか？」

「うん。今向かってるらしい」

「急すぎます。用事があるとでも言って断っては？」

「帰ってくるまでマンションの前で待ってるそうだ。あの人ならやりかねないな。他の住人の迷惑になりそうだし、通報されても面倒だろう」

数日の猶予があるなら上司や鷹成に連絡を入れ、岸島の様子を探ってもらうこともできたのだが。そうした探りを入れられるのを嫌ってわざと急に訪ねてきたのかもしれない。だとしたらいっそう警戒しなければ。

「銀次、あの人が何を言っても放っておけよ。妙なことはしなくていい」

秋成に釘を刺されて「はい」と返事をしたものの、バックミラーに映った自分の顔はひどく険しい。岸島は幼い秋成にあることないこと吹き込んで傷つけた張本人だ。

大人しくしていられる自信などあるわけがなかった。

マンションに岸島がやってきたのは、二十一時を少し回った頃だった。他人の家を訪問するにはいささか遅い時間だったが、岸島はそれを気にしたふうもなく上機嫌で現れた。

「やあ秋成君、久しぶり。いやいや、大きくなったなぁ？　もう大学生か！」

仕事帰りなのかスーツ姿でやってきた岸島は、玄関先で秋成を見るなり大きな腹を揺すって豪快に笑った。

秋成の後ろに控えていた銀次は素早く岸島を観察する。

岸島は今年で五十歳。身長は秋成より少し低いが、横に幅を取っているせいか威圧感がある。十年前はもう少し精悍な印象があったが、今は頬がすっかり弛んで実年齢より老けて見えた。ジャケットのボタンが閉まらないくらい腹が出たその体は貫禄が出たというより、無節操に膨張しただらしのなさを感じさせる。

「今日は突然すまないね。大学の入学祝いを渡していなかったことに急に気がついたものだから、忘れないうちにと思って。ほらこれ、お祝いだ」

岸島から縦長の紙袋を受け取った秋成は丁寧に頭を下げる。

「わざわざ足を運んでいただいてありがとうございます。嬉しいです」

「そうかい？　中身はいいワインなんだ。一緒に飲もう」

中へどうぞと勧められてもいないのに、岸島はさっさと靴を脱いで部屋に上がり込もうとする。

「せっかくですが、私はまだ二十歳になっていないので」

「ええ？　真面目だなぁ。二十歳にならなくたって大学生になったらもう飲酒解禁だろう？　周りも普通に飲んでるだろうに」

「そうでもないです。飲み会でも二十歳以下の人間はソフトドリンクしか飲みませんし」

「そう言わずに。今日は秋成君と乾杯したくて来たんだから」

しつこく食い下がる岸島の言葉を遮るべく、銀次は秋成に「お預かりします」と声をかける。すぐに秋成が振り返り、手にしていた紙袋をこちらに手渡してきた。

「コーヒーを用意します」

岸島にも聞こえるように宣言すると、秋成の肩越しに岸島のむっとした顔が見えた。

「なんだ、家の中にまで護衛を入れているのか？」

不躾（ぶしつけ）にこちらを眺めまわしてくる岸島に、銀次は護衛として最低限の礼節を欠かぬよう無言で頭を下げた。その前を、ふん、と鼻を鳴らしながら岸島が通り過ぎていく。十年も前に自分にたてついてきた護衛と銀次が同一人物だとは気づいていないらしい。

二人から遅れてリビングに入った銀次はコーヒーの用意をしながら、秋成たちの様子を窺う。リビングでは岸島が遠慮なくソファーに腰を下ろし「大学はどうだい？」などと猫なで声で秋成に尋ねているところだ。

L字のソファーの長辺に陣取った岸島のはす向かいに秋成も腰を下ろし、如才ない笑顔で受け答えをしている。車の中で気乗りしない顔をしていたことなどおくびにも出さないその姿を見て、坊ちゃんも成長したな、などと密かに思ってしまった。昔は好き嫌いが露骨に顔に出ていたのに。

「秋成君は大学で何を勉強してるんだったかな？」

「経営学です」

「やっぱりお父さんの後を継ぐために？」

「いいえ、父の後を継ぐつもりはありません。御堂グループに就職する気もありませんし」

秋成の返答に、それまで陽気に喋っていた岸島がぴたりと口をつぐんだ。と思ったら、これ見よがしに溜息などついて首を横に振る。

「そんな噂（うわさ）を聞いたからまさかと思って来てみれば……。秋成君、本気かい？」

岸島はやたらと深刻な声を出しているが、秋成に家業を継ぐ気がないことは秋成の両親も承知しているし、近しい人間や本社の役員たちにも周知されていることだ。

今頃そんな噂を聞きつけてくること自体、岸島が御堂家及び御堂コーポレーションの中枢から遠い存在であることを如実に物語っている。

「秋成君、何があったか知らないが我儘はいけないよ。お父さんだって君が会社を継いでくれるのを望んでいるだろうに」

「いいえ、父とはもう話がついていますので」

「そりゃ、お父さんだって君のことが可愛いからその場では調子のいいことを言うだろうけど、本心ではそんなこと思ってないはずだ」

ソファーの前のローテーブルにコーヒーを置き、静かに立ち去ろうとしていた銀次の足が止まる。またか、と内心嘆息した。自分の妄想をさも事実であるように語るこのやり口は十年前から変わっていない。

鷹成の口からそんな言葉を聞き出したことでもあるのか、と凄んでやりたくなったが、秋成が『黙っていろ』とでもいうように横目で睨んできたので口をつぐんだ。

「……ご心配いただいてありがとうございます。今日はこの件でわざわざ？」

「そうとも。お父さんの後を継ぐことに何か心配があるのなら相談に乗ってあげようと思って。昔みたいにいろいろ頼ってくれていいんだよ？　今日は腹を割って話そうじゃないか。そのためにいいワインだって持参したんだ」

ぺらぺらと喋っていた岸島が、ふいに銀次を振り返った。

「おい、さっきのワインを出してくれ」

秋成と喋っているときとは違う、不遜な口調で岸島が言う。

「秋成様はまだお酒が飲めませんが」

さすがに対外的に秋成を坊ちゃんとは呼べない。口調を改めてそう返せば、岸島の顔が忌々しげに歪(ゆが)んだ。

「少しくらい構わんだろう。誰が見てるわけでもないんだ」

誰も見ていなければ法を犯してもいいのか、と言い返しかけたが、やはり秋成に止められた。

「銀次、ワインを開けてくれ。私も一杯だけご相伴にあずかるから」

眉を寄せた銀次とは対照的に、岸島は勝ち誇った顔になって「ほら、早く持ってこい」と犬でも追い払うような仕草で銀次に手を振る。秋成に命じられれば逆らえず、臍(ほぞ)を噛む思いで一礼して踵(きびす)を返した。

ワインオープナーなどないので、キッチンハサミをコルクに突き立て力任せに栓を抜く。酒にコルクのカスが落ちたところで知ったことか。秋成がまだ十代であることを承知でワインなど持ってくる方が悪い。

当然ワイングラスの用意もなく、なんの変哲もないコップにワインを注(つ)ぐ。秋成のコップには底からほんの一センチばかり注ぎ入れ、岸島のコップには溢れんばかりになみなみと酒を注いでやった。

ワインを持ってリビングに戻る。何やら熱心に秋成に話しかけている岸島の前にコップを置くと、さすがにぎょっとした顔をされた。

「おい、酒の注ぎ方も知らないのか？　こんな雑な……高い酒だったんだぞ！」

「それは知らずに失礼しました」

しれっと謝罪をして、秋成の前にもコップを置く。ほんの一口しか注がれていないそれを見て岸島はまた何か言いたげな顔をしたが、先に秋成が笑顔でコップを持ち上げた。

「では、乾杯しましょうか。わざわざこんなプレゼントまで用意していただいてありがとうございます」

秋成にコップを掲げられては無視できなかったのだろう。岸島も酒がこぼれぬよう慎重にコップを持ち上げ二人で軽く乾杯をした。

立ち去り際、銀次は秋成に素早く視線を向ける。

秋成はコップに口こそつけたものの、唇を湿らせた程度で酒はほとんど口に入れていないようだ。ちらりと銀次を見上げ、これくらいならいいだろう、と言いたげに目元に笑みを上らせる。飲んだとも言えない量だ。銀次も軽く顎を引いて頷き返した。

岸島は銀次と秋成の目配せには気づいた様子もなく、喉を鳴らして酒を飲むと早速会話を再開させた。

「で、秋成君はお父さんの後を継がずに何をする気なんだ?」

「アパレル関係の仕事に就きたいと思っています」

「アパレル? なんだそりゃ、服とかそういう?」

それまでのわざとらしい猫なで声から一転、岸島は馬鹿にしたように言い放つ。

「おしゃれに興味が? いや、若いからそういうものに憧れる気持ちはわかるがね、そんなのいっときのことだろう。アルバイトでもしたら気が済むんじゃないの? 御堂グループを継ぐ立ち場を捨てて、何をしたいのかと思ったらアパレルなんて……」

ぐいぐいワインを飲みながら、岸島は他人の夢を足蹴にするようなことを口にする。

銀次はカウンターキッチンから射殺すような目で岸島を睨む。秋成もひどく腹を立てているだろうと思いきや、予想に反して秋成はおかしそうに口元を緩めていた。視線はソファーに座る岸島ではなく、銀次のいるキッチンにちらちらと飛んでくる。どうやら銀次が憤怒(ふんぬ)の表情を浮かべているのを見て面白がっているらしい。

岸島の無礼な物言いを聞き流せるのならいくらでも自分の顔を見て笑ってくればいい。そんな気分で、銀次は遠慮なく岸島を睨み続けた。

銀次は家にあった蟹(かに)や牡蠣(かき)のオイル漬けの缶詰を次々開けて皿に盛り、リビングのテーブルに運びに行ってはついでのように岸島のコップに酒を注いだ。テーブルにワインボトルを置いておけば話は早いのだろうが、そうすると岸島が秋成のコップに酒を注いでしまうかもしれない。それを避けるため、逐一ボトルをキッチンに持ち帰った。

岸島はコップに酒が入っていると空けてしまうタイプらしく、一人であっという間にボトルを半分以上空けてしまった。

「だから、秋成君がお父さんの後を継いだら私がきっちりとサポートしてあげるから、安心して継ぎなさいよ。ほら、お父さんはあんまり君と折り合いがよくなかったかもしれないけど、私がいれば心強いだろう？　私もね、今の職場は私の能力を活用しきれていないんじゃないかと思って、そろそろ御堂本社に行くべきだと思ってたんだ」

酔った岸島はますます饒舌だ。キッチンから岸島の言動に目を光らせていた銀次は、その言葉の端々から突然岸島が秋成を訪ねてきた理由を理解する。

（職場でろくな働きができていないんだろうな）

岸島は御堂コーポレーションの系列会社に勤めている。とはいえ系列会社もピンからキリまであるわけで、岸島が勤めているのはかなり末端の会社だ。

吉成の甥という立場を振りかざしたのか一応役職には就いているようだが、実力が伴わなければ実質的な経営に口を出すことはできない。本人が望むほどの肩書は得られず、五十にしてこれ以上の出世は難しいと自分でも気づいたのだろう。

しかし秋成が会社を継げば、昔のよしみで自分も本社へと引き上げてくれるかもしれない。そう画策したようだが肝心の秋成が会社を継がないという噂を聞きつけ、慌てて単身駆けつけたといったところか。

岸島は酒を飲みながら、御堂コーポレーションがどれほど大きく、その後を継げることがどんなに幸運か繰り返し秋成に説き、自分が秋成をサポートすると息巻いている。

それだけならまだしも、岸島はたびたびアパレル関係の仕事を腐すようなことを言う。

「男がチャラチャラするのはどうかなぁ。考え直した方がいいんじゃないか？」などと呂律(ろれつ)も回っていないくせに偉そうなことを言い出したときは本気でキッチンから足が出かけた。それを見た秋成が声を殺して笑っているのを見ていなければ岸島の首根っこを摑んで外に追い出していたかもしれない。

岸島がやってきてから二時間後。一人でワインのボトルを飲み干した岸島が酔いつぶれてソファーでいびきをかき始めたのを見て、銀次はリビングへ向かった。

「マンションの前までタクシーを呼びましょう」

「お前が車で送っていってやったらどうだ？」

「冗談でしょう」と銀次は眉をひそめる。秋成のためならいくらでも車を出すが、こんな輩のために何かしてやろうとは思わない。

心底嫌そうに顔をしかめる銀次を見上げ、秋成は肩を震わせて笑う。長時間不愉快な会話につき合わされただろうに疲れた様子もない。

「……よく我慢できましたね」

思わず呟くと、秋成の口元に浮かんだ笑みが深くなった。

「お前が鬼の形相で怒ってるのを見てるのが楽しかったからな。おじさんの話はあまりよく聞いてなかった」

ならば苛立った顔を隠さなかったかいがあったというものだ。

銀次は仏頂面で携帯電話を取り出し、早速タクシーを手配する。運よく十分ほどで到着するそうだ。秋成もソファーから立ち上がり、その場で大きく伸びをした。

「トイレに行ってくる。おじさんのこと見ててくれ」

秋成が出ていくと、室内に響く岸島のいびきがますます耳についた。赤ら顔でいびきをかく岸島を見下ろし、騒音を立てる口と鼻をふさいでやろうか、などと物騒なことを考えていたら、不穏な気配を察したのか岸島がフガッと空気を喉に詰まらせて目を覚ました。

「ん……？　あ？　秋成君……？」

「秋成様なら席を外しております」

立ったまま声をかけると、岸島が眩しそうに目を瞬かせてこちらを見上げてきた。

「下にタクシーを呼びましたのでお帰りください」

「ああ？　なんだ？　まだ話は終わってないぞ。早く秋成君の目を覚まさせてやらんと」

「もうタクシーが到着しますのでお支度をお願いします」

岸島の言葉には取り合わず淡々と返すと、むっとしたような顔をされた。

「お前に帰れと言われる筋合いはない！　私はなぁ、秋成君と二人で話をするつもりだったんだ。なのになんだ、護衛風情が。いつまでここに居座るつもりだ？」

「帰れ！」と怒鳴りつけられたものの、銀次は動かない。無言で岸島を見下ろすばかりだ。それがまた気に入らなかったのか、岸島が拳でソファーの背を殴った。

「おい、聞いてるのか！　私はなぁ、家族から見放されて自暴自棄になっている秋成君がかわいそうで、それでこうして足を運んでやってるんだぞ！」

その言葉を耳にした瞬間、それまで無表情で岸島を見下ろしていた銀次の顔に微かな笑みが浮かんだ。

十年経っても変わらない。岸島は目の前の出来事を自分に都合よく解釈して、それがさも事実であるように周囲に吹聴し、自分の意見を無理やり押し通そうとする。

そんなことばかりしていれば会社でもさぞお荷物扱いされていることだろう。現実を正しく認識できない人間にまともな仕事ができるはずもない。

「相変わらず見苦しい妄想を垂れ流してらっしゃるんですね」

「は……っ？」

「あんたの妄想に、これ以上坊ちゃんをつき合わせないでくれますか」

冷え冷えとした笑みを浮かべる銀次を見上げてぽかんと口を開けた岸島の顔に、ゆっくりと驚きの表情が浮かぶ。

「お前……あのときのガキか？」

銀次のセリフが引き金になって過去の記憶が蘇ったようだ。驚愕の表情は、すぐに怒りに呑まれてかき消される。

「妄想なんかじゃない……！　私はいつだって誰よりも先を見据えている？　それなのに、周りがぼんくらばかりで誰も私の言葉に耳を貸そうとしない……！」

これもまた妄想の類だろう。単に自分が見当違いなことを言っているだけなのに、周囲が自分の言いたいことを理解していないと思い込んでいる。

滑稽を通り越して、いっそ哀れだ。言葉もなく岸島を見下ろしていると、岸島の息が荒くなってきた。

「なんだ、お前まで人を馬鹿にして……！　たかが護衛のくせに！」

ソファーの背もたれを摑んだ岸島がよろよろと立ち上がる。また殴りかかってくる気だろうか。それで気が済むのなら甘んじて何発か受けてお引き取り願おう。

酔っ払いの拳など大した威力でもない。そう高をくくっていた銀次だが、岸島は拳を固める代わりに、スーツのポケットに片手を突っ込んで何かを取り出した。

岸島の手の中で照明の光を鋭く跳ね返したのは、折り畳み式の黒いナイフだ。

肩で息をした岸島にナイフをちらつかされ、みぞおちの辺りがひやりとした。

刃物を向けられたことに恐怖を感じたわけではない。こんなものを持ち歩いている人間を容易に部屋に招き入れてしまった自分の迂闊さと、場合によっては秋成にこの刃が向けられていたのかもしれないという事実に血の気が引いたのだ。

銀次は岸島の手に目を向ける。酔っているが、ナイフを握る手に躊躇するような震えはない。片手で刃を開くときの動作もスムーズで、普段から使い慣れているのが窺い知れた。

(キャンプが趣味……とは思えないな)

御堂組が解体されてもう三十年余り。秋成はもちろん、銀次も当時の御堂組の様子を知らない。

だが岸島は十代の多感な時期を御堂組とともに生きてきたのだ。何かあったとき相手を威嚇し、暴力で解決しようという感覚が未だに抜けきっていないのかもしれない。

銀次は目を上げ、岸島と正面から視線を合わせる。

岸島は目を血走らせ、銀次の腹の辺りに刃の高さを合わせている。互いの距離はほんの数歩。一気に踏み込んでこられたら、さすがに銀次も無傷ではいられないだろう。

(――……今か?)

岸島から目を逸らすことなく銀次は思う。秋成と出会ってから何度となく覚悟してきたが、とうとうこの命を使うときがきたのかもしれない。

刃物を向けられた銀次の顔に動揺は欠片もない。こうした状況に対する心構えができすぎていて、今更うろたえることもなかった。

腹を刺されたらがっちりと岸島の手首を摑んでしまおう。何があってもこの身からナイフは抜かせない。秋成にはその間に安全な場所に逃げてもらえばいい。

そんなことを冷静に考えていたら、リビングのドアが開いて秋成が戻ってきた。

「あっ」と声を上げたのは岸島だ。秋成の顔を見て我に返ったのか、慌てふためいてナイフを手から取り落としてしまう。

秋成は部屋の入り口で硬直している。岸島が銀次に刃物を向けた姿をしっかりと見てしまったせいだろう。

「あ、秋成君、違う。あの、これは……」

酔っ払いといえども、懐柔しようとしていた相手に見せてはいけない現場だったことくらいは理解しているらしい。あたふたと弁解しようとする岸島を横目に、銀次は床に落ちたナイフをひょいと拾い上げる。とりあえずこれは岸島の手元から離した方がいい。

パチン、と軽い音を立ててナイフを閉じると、その音に気づいたのか岸島がこちらを振り返った。銀次の手の中にあるナイフを見て目の色を変える。

「か、返せ！　人のものを勝手に……！」

「——やめろ！」

銀次に岸島が摑みかかろうとしたそのとき、室内に鋭い声が響き渡った。

腹の底を震わせるほどの大声に、岸島だけでなく銀次ですら小さく肩を震わせてしまった。まさかと部屋の入り口に目を向ければ、秋成が見たこともないくらい険しい顔でこちらを睨んでいる。

秋成は大股でリビングを横切ってソファーに近づくと、銀次と岸島の間にその身を滑り込ませた。銀次を自分の背中に隠す格好だ。岸島が他に凶器を持っていないとも限らないのに無防備が過ぎる。護衛を盾にするならともかく、背中に庇うなど何事だ。

「坊ちゃん、俺の後ろに……！」

「うるさい、お前は黙ってろ」

普段とは別人のように低い声に思わず動きを止めてしまった。威圧感を帯びたその声は、かつて聞いたことのある吉成の声にそっくりだ。

銀次も屋敷の警護中に数度顔を合わせたことがあるだけだが、吉成は七十を過ぎてもなお矍鑠（かくしゃく）として、鷹成とは比べ物にならないほど重々しい雰囲気を漂わせていた。しわがれて聞き取りにくい吉成の声を聞き逃さぬよう、誰もが神経をとがらせていたものだ。

岸島も同じことを感じたのかもしれない。目を見開いて秋成を見ている。

銀次に背中を向けたまま一つ深呼吸をした秋成は「おじさん」と岸島を呼んだ。その声はもう普段の秋成のそれで、岸島も我に返ったように瞬きをする。

「帰ってください」

きっぱりとした口調に、岸島は怯んだような顔をする。

「だが秋成君、せっかく君は……」

「先ほども言いましたが、父の会社を継ぐ気はありません」

先んじて岸島の言葉を退けた秋成は、噛んで含めるような口調で続ける。

「父の会社を継ぐプレッシャーに負けたわけでも、父に反発しているわけでもありません。私たち親子はもう、御堂コーポレーションに関わらない方がいいんです」

岸島は困惑した顔で「どういうことだ？」と呟く。

「せっかく君のお祖父さんが立ち上げた会社なんだ。御堂の人間が引っ張っていくべきじゃないか？」

「いいえ。私たち親子は早々にあの会社から手を引くべきです。そうしない限り、御堂組に恨みを持っている元同業者からの嫌がらせはやまないでしょう」

自分の父親と同じ年の岸島を前に、秋成は堂々とした口調で続ける。

「今も元同業者からの嫌がらせがあるのはおじさんも知ってるでしょう。祖父の血を引く私たちが会社のトップでのさばっているのが彼らは許せないんです。ですから私は父の会社に入りません。父の後は、血縁に関係なく優秀な人物に引き継いでもらうつもりです。それで初めて御堂グループは御堂組の呪縛から解放されるんです」

よどみなく言い切られた岸島はうろたえた顔で、それでも諦め悪く食い下がってくる。

「お、お父さんがそんなことを認めるはずが……」

「父とはすでに話し合いました。後継者の候補も何人か決まっているはずです。もちろん私は含まれていません」

「馬鹿なことを……！　早まっちゃいかん！」

秋成を懐柔して御堂グループ本社に乗り込む当てが外れたせいか、酔って赤くなっていた岸島の顔から血の気が引いていく。足を踏み出し秋成に近づこうとしたその動きに気づいて、銀次は秋成の肩に手をかけた。そのまま後ろに下がらせるつもりが、秋成の体はびくともしない。

幼い頃、銀次に軽々と抱き上げられていた小さな体はもうそこにない。いつの間にか銀次に迫るほど背が伸び、摑んだ肩もがっしりと厚かった。

せめて岸島を牽制（けんせい）するため睨みつけるが、岸島は銀次の顔など見てもいなかった。秋成の顔だけを見て、怯んだように一歩下がっている。一体秋成からどんな表情を向けられたのだろう。その背後に立つ銀次には知る由もない。

「早まったわけではなく、昔からずっと父と相談していたことです。私は会社を継ぎませんし、結婚もしません。子供は作らないつもりです。祖父の血を継いでいるというだけでどこに担ぎ出されるかわかりませんから」

「そ、そうは言っても、そういうものはご縁だから、何が起こるか……」

「銀次をずっと手元に置いているのがその証拠です」

唐突に自分の名前が出てきて、は、と声を上げそうになった。岸島もぽかんとした顔だ。

「覚えてませんか？　私が銀次と結婚すると大騒ぎしていたのを」

「え？　あ、ああ、そんなこと言ってたような……。でも、子供の頃の話だろう？」

「今もです。今もずっと大騒ぎしています。私は会社に関わらないし、諍いの種になる子供も作らない。その意思表示のために、この男と添い遂げると長年周囲に吹聴してきたんです」

岸島の顔に曖昧な笑みが浮かぶ。またそんな冗談を、なんて続けようとしていたのだろう。だが秋成を見上げる顔からはゆっくりと笑みが引き、最後は呆然とした表情になった。

「十年以上前からそうやって道筋を作ってきました。覆すつもりはありません」

秋成の声からは確固たる決意が感じられた。余人がおいそれとひっくり返せるほど軽い言葉ではない。それは岸島にも伝わったようで、その顔からみるみる生気が抜けていく。

銀次もまた、岸島と同じように呆けた顔で秋成の背後に突っ立っていた。

幼い頃から「好きだ」「結婚しよう」と自分に繰り返してきた秋成がそんなことを考えていたなんて、今の今まで知らなかった。

秋成からかけられる言葉を、長年銀次は冗談の類だと思っていた。しかしつい最近、あれは冗談でもなんでもなく本気で口にしていたのではないかと考えを改めたところだったのに、またわからなくなってしまった。

本当のところ、秋成はどうして自分を手元に置き続けていたのだろう。

「おじさん、そろそろマンションの前にタクシーが到着する頃なので、そちらに乗ってお帰りください」

項垂(うなだ)れて声も出ない岸島に声をかけ、秋成が銀次を振り返る。棒立ちになる銀次の手からナイフを奪い取った秋成は「お返しします」と言ってそれを岸島に手渡した。

銀次は鋭く息を呑む。もしまた岸島が刃物を振り回してきたらどうするつもりだ。今度こそ秋成を後ろに下がらせようとしたが、肩を摑む手は秋成に振り払われてしまった。

「おじさんを下まで送ってくる」

「俺が行きます」

「駄目だ。ここで待ってろ」

「そんなわけには――」

「お前には任せられない」

振り返った秋成の表情があまりに冷淡で、続く言葉が喉に詰まった。見限られたようで背筋がひやりとする。

護衛として秋成と岸島を引き離すべきか、従者として秋成の言葉に従うべきか。迷って動けない銀次を置き去りに、秋成は岸島の背に手を添え廊下に連れ出してしまう。

玄関から外に出ていく音がする。追いかけたい。だが待てと言われてしまった。今にも走り出しそうな自分の体を無理やりその場に押しとどめる。

数分後、再び玄関先で物音がして、銀次はリードを手離された犬のような俊敏さで廊下に飛び出した。

玄関先では秋成が靴を脱いでいた。岸島を下まで送り届けてきたのだろう。玄関に駆けつけた銀次は、一人で戻ってきた秋成に切れ切れの声で言う。

「無茶をしないでください……」

無言で靴を脱いでいた秋成の動きがぴたりと止まった。と思ったら、勢いよく顔を上げた秋成に大声で怒鳴りつけられる。

「それはこっちのセリフだ！　あの人が何を言っても放っておけと言っただろうが！　少し目を離した隙にどうしてナイフなんて突きつけられてるんだ！」

秋成は蹴るようにして靴を脱ぐと、足音も荒く廊下を歩いてリビングへ戻っていく。その勢いのまま荒々しい動作でソファーに腰を下ろし、追いかけてきた銀次を睨み上げた。

「刃物を向けられたのにどうして逃げなかった」

「逃げては坊ちゃんに凶器を向けられてしまうかもしれないので」

「刺されたらどうするつもりだったんだ。死んでたかもしれないんだぞ」

そうなったら、今生でも自分のなすべきことをやり遂げられたということだ。

誇らしげに死んでいく自分の顔を想像していたら、秋成に溜息をつかれた。

「……どうあっても、お前は自分より私を優先してしまうんだな」

唐突に秋成の声から怒気が抜けた。全身に溜まっていた熱気をすべて吐き出すように深く息をついて、秋成が隣の席を軽く叩く。座るよう促されていることを悟って、銀次もソファーに腰を下ろした。

秋成はソファーに肘をつき、電源の入っていないテレビに顔を向けたまま動かない。黒い液晶に映るその顔は真剣で、軽々しく声をかけることもできなかった。

長いこと二人して黙り込んでいたが、先に口を開いたのは秋成だ。

「だったらもう、私の護衛はしなくていい」

思いがけず静かな声だった。直前までの怒りは飛んで、代わりに声に滲んでいたのは諦めだ。

銀次は黙って秋成の次の言葉を待つ。「なんて言われたらどうする気だ⁉」と秋成が声を荒らげるのをじっと待つが、いつまで経っても秋成は口を開こうとせず、部屋は静まり返ったままだ。

銀次は待つ。息すら潜めて秋成の横顔を凝視する。

そのうち音のない部屋に、聞き慣れぬ異音が忍び込んできた。

ど、ど、ど、と規則正しく、ゆっくりと速度を上げていく。それは銀次の心臓の音だった。

（――……本気だ）

怒っているのでも拗ねているのでもない、秋成は覚悟を決めた顔をしている。本気で銀次を護衛から外すつもりだ。

「……さっき、岸島さんに話した内容は本当なんですか？」

真っ白になった頭から無理やり言葉を引っ張り出そうとしたら、そんな言葉が口をついて出ていた。

秋成はようやくこちらを向いてくれたものの、銀次が岸島との会話のどの部分を指しているのかすぐにはわからなかったらしい。何か考えるように一つ瞬きをしてから頷く。

「全部本当だ。父の会社を継ぐ気はないし、結婚する気も子供を作る気もない」

「それを周りに知らしめるために、俺をそばに置いていたのも本当なんですか？　だったら、どうして誕生日に……」

俺を欲しがったんですか、と口にすることはできなかった。冷静に考えれば秋成のような美しい男が自分を欲しがるなんておかしな話だ。その気になれば引く手あまただろうに。

自分は何か、とんでもない勘違いをしていたのかもしれない。

中途半端に言葉を切った銀次を見て、秋成は唇に微かな笑みを浮かべる。

「銀次なら本物の恋人同士になってもいいかと思った。私がゲイなのは事実だし」

銀次は震える息を吐く。その言い草では銀次に本気で恋心を抱いていたわけではなく、周囲に自身はゲイだと広めるため適当な男とつき合おうとしていたようにしか聞こえない。

「でもやめた。お前は私のそばにいるとおかしくなる」

軽い口調で、やめた、などと言い放たれ、それまでどくどくととんでもない勢いで脈打っていた心臓が竦み上がった。耳鳴りがして心臓の音が聞こえなくなる。

息を詰める銀次の顔を眺め、秋成はゆったりと脚を組んだ。

「前々から思ってたんだ。銀次が体を張ってまで私を助けようとするのは、そうやって仕事をする以外、自分に価値なんてないとでも思ってるせいじゃないか？」

返事をしようにも、頭の中がごちゃついて上手く言葉を探せなかった。

黙り込む銀次を尻目に秋成は続ける。

「小学生の頃までは、お前が身を挺してまで私を守ってくれるのをただ頼もしく思ってたんだ。でもだんだん不安になった。そのうちお前は私を守って死ぬかもしれない。怖くて他の護衛に相談したら、銀次は仕事の他にやりたいことがないから必死になってしまうのかもしれない、と言われた」

秋成はその言葉を素直に受け止め、すぐ行動に出た。

世の中には仕事の他にもっと楽しいことがある。銀次が知らないなら教えてやろう。そんな気持ちで銀次を外に連れ出した。

「一緒に買い物に行ったり、食事に行ったり、遊園地に連れていったこともあったな。夏休みには旅行も行った。遠出をするときは必ずお前を連れていっただろう?」

頷くより先に、幼い秋成に手を引かれて外に飛び出した情景が脳裏にいくつも蘇って動けなくなった。

非番の日に突然呼び出されて秋成と遊園地に行くことになったり、二泊三日の旅行中、交代なしで秋成の相手をさせられたり、あの頃は目いっぱい秋成の我儘につき合った気でいたが、違った。

秋成は懸命に、自分の知る楽しいことを銀次に教えようとしていたのだ。

「こうして同居を始めたのも、社員寮を出た生活をお前に知ってほしかったからだ。あの寮は本来、当座の家がない人間に貸してるんだろう? ほとんどは一年以内に出ていくって聞いてるぞ。お前はうちで働き始めて長いんだ。それなりに貯金はあるだろうに、『寝に帰るだけですから』なんていつまでも引っ越そうとしないから……」

確かに寮の部屋は六畳一間と狭く、壁も薄い。隣の部屋の生活音は筒抜けだし、夏は暑く、冬は底冷えして、お世辞にも居心地のいい空間とは言いがたかった。

このマンションに引っ越してきてからだ。窓の大きな部屋は日中電気をつける必要もないほど室内が明るいことや、他人の足音や生活音がしない夜の静けさ、暖房を入れればすぐ室内が温まる快適さを知ったのは。

「大学の行き帰りに買い食いしたり、そういうのも銀次はやってこなかったんじゃないかと思って。今までできなかったことを一緒にできたらと思ったんだ。弁当を作ってピクニックみたいなことをしたり、そういうのも」

——銀次。今日、楽しかったか？

一月ほど前、秋成と一緒に海に行った帰り、よそ見運転をしていたバイクから秋成を守った後にぽつりと呟かれた言葉が唐突に蘇る。

「仕事以外にも楽しいことなんてごまんとある。それが伝わればお前の行動も少しは変えられるかもしれないと期待したんだが、無駄なあがきだったな」

呼吸が浅くなる。こんなにそばにいたのに、今の今まで秋成の意図に気づけなかった自分に心底絶望した。秋成の作ってくれた弁当に胸を震わせたのは事実なのに。

単なる我儘ではなく、秋成は銀次を変えようとしていた。自分を犠牲にしがちな銀次を救おうとしていたのだ。

銀次に好きだと言い続けていたのも、もしかすると恋心なんて甘やかなものではなく、前世に囚われ彼岸に足を踏み出しがちな銀次を引き留めようとする必死の呼びかけだったのかもしれない。

秋成から向けられる感情を、無邪気な好意だなんて思っていた自分の頭の方がよほどおめでたかったのではないか。

「銀次」と名前を呼ばれ、いつの間にか下がっていた視線を慌てて上げた。

POSTCARD

1 0 1 - 8 4 0 5

東京都千代田区
神田三崎町2-18-11

二見書房
シャレード文庫愛読者 係

通販ご希望の方は、書籍リストをお送りしますのでお手数をおかけしてしまい恐縮ではございますが、**03-3515-2311までお電話くださいませ。**

<ご住所>

<お名前> 様

<メールアドレス>

＊誤送を防止するためアパート・マンション名は詳しくご記入ください。
＊これより下は発送の際には使用しません。

TEL	職業／学年
年齢　　代	お買い上げ書店

Charade 愛読者アンケート

この本を何でお知りになりましたか？

1. 店頭　2. WEB（　　　　　）　3. その他（　　　　　　　　　　　）

この本をお買い上げになった理由を教えてください（複数回答可）。

1. 作家が好きだから（小説家・イラストレーター・漫画家）

2. カバーが気に入ったから　3. 内容紹介を見て

4. その他（　　　　　　　　　　　　　　　　）

読みたいジャンルやカップリングはありますか？

最近読んで面白かったBL作品と作家名、その理由を教えてください（他社作品可）。

お読みいただいたご感想、またはご意見、ご要望をお聞かせください。

作品タイトル：

ご協力ありがとうございました。
お送りいただいたご感想がメルマガに掲載となった場合、オリジナルグッズをプレゼントいたします。
HPのご意見・ご感想フォームからもアンケートをご記入いただけます ➡

秋成は銀次を見て、柔らかく目を細める。

その顔を見た瞬間、駄目だと思った。

何年も秋成のそばにいたから知っている。これはもう、秋成の中で決着がついているときの顔だ。何を言っても取り合ってもらえない。岸島に対して自身の想いを言い渡したときと一緒で、もう覆せない。

思わず手を伸ばして秋成の口をふさいでしまいたくなったが、実際はその唇が動くのを見ていることしかできなかった。

「私の護衛はもう終わりだ。好きなところに行くといい」

秋成の表情は穏やかなのに、痛烈な一打を食らわされた気分で息が止まった。

声も出ず、銀次は深く項垂れる。

好きなところなんて、そんなもの。

(――あんたの隣以外、どこにあるんだ)

俯いた動きが頷いたようにでも見えたのか、肩にそっと秋成の手が触れる。

「今まで悪かったな」

秋成の声は穏やかだ。

けれどそれが何に対する謝罪なのか、混乱した頭では何ひとつ理解することなどできなかった。

＊＊＊

天上に届くほど大きな窓の前に立つあの人の後ろ姿は、窓から差し込む光の眩しさも相まって、いつも一幅の絵のように美しかった。

緩く波打ち背中に落ちる髪はおそらく金髪。ゆっくりと振り返るその顔には柔和な笑みが浮かんでいる。長い睫毛に縁どられた瞳の色は、青、それとも緑だろうか。モノクロの夢では判断がつかないのが惜しまれる。

窓の向こうに広がるのは低木の茂る荒野だ。遥か彼方に山が連なる荒々しい土地を、あの人は領主として治めていた。

学生時代ろくな勉強をしてこなかった銀次は地理も歴史もさっぱりだが、あの人の彫りの深い顔立ちや髪の色、贅沢な刺繍を施された襟の高いジャケット、腰に佩いた剣などから、これは中世ヨーロッパあたりだろうかと推し量る。

この時代の自分は、領主の屋敷を守る衛兵だった。

屋敷に雇われたのはまだあの人の父親が領主だった頃のことだ。周辺諸侯との領地争いで武功を立て、兵長にまで上り詰めたところで先代が病死。あの人は領地から遠く離れた土地で勉学に励んでいたが、訃報を受けて領地に帰ってきた。

例に漏れず、領地に帰ってきたあの人を見た自分はたちまち前世を思い出し、その場にひれ伏しそうになった。

あの人だ。また会えた。

そしてすべてを理解する。

自分は今生でも、あの人を守るために生まれたのだと。

領地に戻ってきたあの人は、よく庭に出てバラを眺めていた。

洗練されたあの人の立ち振る舞いに、邸内のメイドたちはいつも熱っぽい溜息をついていた。そして自分もまた、訓練の合間にしばしばあの人を見ていた。

主人と従者だ。相変わらず距離は遠い。それでも兵長という立場から、これまでの人生よりはあの人と言葉を交わす機会が増えた。それだけでも嬉しかった。

一度だけ、あの人に手ずからバラを摘んでもらったことがある。

庭の隅のバラの茂みであの人がじっと自分の手を見ているのを見かけ、何気なく視線の先を追ってみたらあの人の手から血が滴っていた。

驚いて駆け寄り、戦場で仲間の傷を押さえるがごとく傷口を強く握りしめて止血をした。

血相を変える自分を見て、あの人は柔らかな声を立てて笑った。

「バラの棘（とげ）が刺さっただけだ。そんなに大した傷じゃない」

「ですが、血が……」

「兵長がこの程度のかすり傷でうろたえるな」

戦場ではもっと激しい出血を目の当たりにすることだって日常茶飯事だったが、あの人が傷を負ったとなったらかすり傷でも平静でいられなかった。いつまでも傷ついた手を摑んで離さない自分を見て、あの人は呆れたように笑うとハンカチを取り出した。

「これで止血してくれ」

モノクロの世界の中で鮮やかに白いハンカチを、恐る恐る手に取ってあの人の指に巻く。きつく縛らなければ止血にならないが、力を込めては痛みを与えてしまいそうだ。不器用に何度もハンカチを巻き直す自分を見て、あの人はおかしそうに笑っていた。

「そんなに大事にしてくれなくても平気だ」

笑い交じりに口にされた言葉に、「いえ、大事にします」と言い返してしまったのは、手元に集中するあまりの失態だ。慌てて「貴方のことが大切なので」とつけ足してしまい、領主に対してこの言い草は不敬に当たるのでは、と青ざめた。

前世で何度も自分たちが出会っていることをあの人は知らない。単なる兵士でしかない自分に熱量の高い言葉をぶつけられ、不快に思われたのではないか。

けれどあの人は不快どころか楽しそうに笑った。何度も巻き直されたハンカチを見て「大切か」と呟いた横顔に滲んだ笑みは、どこか面映(おもは)ゆそうに見えた。

その後、あの人は「手当ての礼に」とバラを一輪摘み取ってくれた。棘を避け、慎重に

花を手折る白い指先と唇に浮かぶ笑みの艶やかさに、背後のバラすら霞んで見えたものだ。

それでいて、ひとたび領内に敵が攻め込めばあの人は自ら馬を駆り、先陣を切って剣を振るった。庭先で咲きこぼれるバラのように美しく微笑んでいたのが嘘のように、苛烈に剣を振るい、返り血を浴びる。

あの人が愛用している剣には、あの人の瞳の大きさに勝るとも劣らない大粒の宝石が埋め込まれていて、刃についた血を払う瞬間、石は太陽の光を鋭く跳ね返した。

眩しさに目を眇めれば、こちらの視線に気づいたあの人もまた目を細める。血の臭いの立ち込める戦場でも、恐ろしいほどに美しい人だった。

そんなあの人との記憶も、最後は戦火に巻き込まれて終わった。

領地に戻ってから数か月後、あの人に縁談が持ち上がったのだ。相手は有力貴族で、先代がまだ健在だった頃から虎視眈々とこの領地を狙っていた男の娘だった。

裏があることくらいあの人とて理解していただろうが、父親を亡くしたばかりでまだ地固めも済んでいない状態で下手に断れば、領地に攻め入る口実を相手に与えてしまいかねない。

縁談は着々と進み、ほどなく領地に妻となる女性がやってきた。ひどく気位の高い女性で、実家から連れてきた侍女を常に従え、あの人が用意した侍女や使用人は自身に近寄らせようともしない。

そんな相手にもあの人は優しく接し、どんな我儘もすべて許した。領地の人々は、あの人はすっかり妻に骨抜きにされてしまったと囁き合った。

結婚から数か月後、妻の父親が兵を引き連れ領内に攻め入ってきた。妻の連れてきた侍女たちは領内を探る間者で、領内の情報は妻の実家にすべて筒抜けだったのだ。あの人の領地はあっという間に陥落すると周囲から目された。

だが、実際はそうならなかった。

あの人は結婚から数か月の間に、しっかりと自身の妻を籠絡していた。あの美しい笑みで、優しい声で、甘やかな仕草で。骨抜きにされていたのは妻の方だ。

事前に妻から実家の状況を聞き出しておいたおかげで奇襲作戦は失敗。返り討ちにして一矢報いたものの、戦力の差は歴然としている。

いよいよ敵が屋敷に攻め込んでくると、敵の兵士は真っ先に妻を攫っていった。

敵が攻め込んできてからずっとあの人と行動をともにしていた自分が「追いかけますか」と尋ねれば、「必要ない」と短く返ってきた。

「もう彼女から得られる情報はない」

屋敷の中で、妻と仲睦まじく過ごしていたときに見た柔らかな笑みはすでにない。

冷徹な無表情であの人は屋敷の奥へ向かう。それにつき従うのは自分だけだ。

屋敷の中に敵がなだれ込み、辺りは騒然としている。領主であるあの人を探す声がそこかしこで上がるが、前を行く背中は揺るがない。

あの人に先導されてやってきたのは屋敷の端、壁際に整然と本棚が並ぶ狭い部屋だ。

室内に入ったあの人は、部屋の一番奥に置かれた本棚の前に立つ。よくよく見ると腰の高さの仕切り板の裏に取っ手のようなものがついていた。手探りでそれを摑んだあの人が棚を引くと、ずず、と重たい音を立てて本棚が動いた。

「この本棚の裏に通路がある。地下道を歩けば森に出て、そこから逃げられるはずだ」

あの人を手伝おうとしたら足がよろけた。近くの本棚に手をついて、どうにか転倒を免れる。

あの人は振り返りもせず本棚を動かしている。邸内に押し入ってきた兵士たちの喧騒は まだ遠い。この部屋は静かだ。けれど、やけに血の臭いが濃い。

どうにか本棚を動かして、あの人がその裏に回り込む。ふらつきながら近づけば、本棚の裏にある簡素な木の扉が見えた。一応鍵もついているようだが、古ぼけた木の扉など、誰かに見つけられればあっという間に叩き壊されてしまうだろう。

どうにか前に足を踏み出したら、水たまりを踏むような音がした。腹部を押さえる掌から生ぬるい血が滴る。鍵を使って木の扉を開けたあの人は自分を振り返り、ぐっと奥歯を嚙みしめた。

「……お前に庇われずとも、あのくらいの攻撃は避けられたぞ」

あの人の視線が自分の腹部に注がれる。使用人の中に敵と通じている者がいるとは思わず、不意打ちを食らいかけたあの人を庇って剣戟を食らった場所だ。掌で傷口を押さえてはいるが、溢れる血は一向に止まらない。

我ながら下手な立ち回りをしてしまったものだ。だが、あの人に剣先が向けられた瞬間、冷静ではいられなくなってしまった。

「……申し訳ありません」

「お前に守られるほど弱くない」

「存じております」

「だったら――」

「大切だったんです」

貴方が傷つくところをどうしても見たくなかった。そう言葉にすることはできず、本棚に寄りかかって息を整える。もう目を開けていられない。痛みすら鈍くなってきた。意識をつなぎとめているだけで精いっぱいだ。

「来い！」と叫ばれると同時に、手首を取られて引っ張られた。よろめきながらも前に出たが、隠し通路の前で足を止める。

「早くしろ、追手が来る」

この部屋にもだんだんと怒号が近づいてきている。敵がここになだれ込んでくるのも時間の問題だ。このままこの人と地下道に逃げても、薄っぺらな木の扉はすぐに壊される。振り返ったあの人と目が合った。薄暗い通路に立っていてもなお美しいその顔をしっかりと目に焼きつけてから、手首を掴むあの人の手を振り払う。

突然のことに対処できなかったのか、よろけてあの人が後ろに下がる。その隙に、勢いよく木の扉を閉めた。

「おい！　なんのつもりだ！」

あの人が向こう側から扉を開けようとする。いつもなら力で押し負けることなどないのに踏ん張りがきかない。薄く扉が開いて、その隙間からあの人の顔が見え隠れする。

「本棚で扉をふさがなければ、すぐ敵に気づかれます。ですから、私が……」

「駄目だ、お前も来い！」

薄く開いた扉の向こうであの人が叫ぶ。いつも穏やかに笑っているあの人が、今は必死の形相だ。切迫したその表情を見て、自分も顔を歪めた。

本当はついていきたかったし、最後まで守りたかった。

だがこの傷だ。足手まといになってしまう。それならばこの通路をふさいで、少しでもあの人が遠くまで逃げられるよう時間を稼がなければ。

息を整え、体重をかけて扉を押し返すと傷口からばたばたと血が落ちた。扉の隙間からそれが見えたのか、「やめてくれ！」とあの人が声を荒らげた。通路に響いたその声は、泣きだす直前の子供のようだ。

そうだ、この時代でもあの人は若かった。自分よりずっと。

本当ならもっと勉強がしたかっただろうに、父親が亡くなり若くして領主にならざるを得なかった。不作に流行り病、領民から噴き出す不満に、領地を囲む諸侯からの圧力。まだ年若いあの人は、それでも弱音を吐くことなく領地を守ろうとしていた。

「頼むからやめてくれ！　言うことを聞け！　私が大切なんじゃなかったのか！」

頑是ない子供のような声を聞きながら、大切です、と掠れた声で呟いた。

バラの前にたたずむときだけ、ほんの少し不安そうな顔をしていることを知っていた。

先代を慕う使用人や領民から若造扱いされていることは本人だってわかっていたはずだ。それでも外では決して俯こうとしなかった。まだまだ伸びる余地のあるその背中に、一体どれほどの重圧がかかっていたのだろう。

最後までそばにいたかった。少しでもその背中を支えたかった。

ほんの少しだけ体から力を抜く。向こう側で扉を押していたあの人もそれに気づいたのだろう。こちらの気配を窺うような息遣いが伝わってくる。

薄く開いた扉をそっと覗き込むと、向こう側からあの人がこちらを見ていた。

透き通った瞳は何色だろう。青、緑、あるいは水色、金色だったとしても驚きはしない。

あの人が腰に提げている剣が壁に当たる。そんな小さな音すら聞こえてしまうくらい静かなその場所で、扉の隙間に手を差し入れる。

指先があの人の頬に触れた。白い肌に黒い筋が残る。自分の手が血で汚れていたことを失念していた。美しい人を汚してしまった罪悪感で胸がひしゃげたが、最後にどうしても触れたかった。

「……伯爵」

あの人が自分を見ている。その顔を目に焼きつけたいのに、もう視界が霞んでよく見えない。

これが最後だ。今わの際の言葉は決まっている。他の誰の耳にも届かぬよう潜めた声で囁いた言葉はきちんとあの人の耳に届いたらしく、透き通った目が大きく見開かれた。そのことに満足して、最後の力を振り絞りあの人の体を通路に突き飛ばした。

勢いよく扉を閉め、無我夢中で本棚を移動させた。激しく扉を叩く音とあの人の声が聞こえてきたが、本棚でふさいでしまえばもうあちら側から扉を開くことはできない。

後は少しでもこの本棚から離れなければ。そして敵がこの部屋に乗り込んで来たら、なんとしても部屋の奥には行かせまい。逃げ場を求めてこの部屋に立てこもっていた人間が、半狂乱になって剣を振り回したように見せかけられるだろうか。

部屋の入り口に近づいて、耳を澄ませる。

もう本棚の奥からはなんの音も聞こえない。気持ちを切り替え先に進んだか。

代わりに廊下の向こうから複数の足音が聞こえてくる。

やりきれよ、と自分に言い聞かせる。せめてあの人が森に辿り着くまで。手足がもげてもこの場所を死守するのだ。

自分の生まれてきた理由など、あの人を守ること以外にないのだから。

＊＊＊

目を開けた瞬間真っ白な天井が目に飛び込んできて、まだモノクロの夢の中にいるのかと思った。

背中に感じるのは柔らかなベッドの感触だ。カーテンのかかった窓の外がうっすらと明るい。夜明け前の部屋の中、武器を持った敵に取り囲まれ、斬り伏せられた過去の記憶がゆっくりと遠ざかる。

ベッドに横たわったまま銀次は深い息をつく。前世の夢はこれまでも何度も見てきたが、目覚めた瞬間こんなにぐったりしていることは珍しかった。

夢に現れたのはいつも穏やかに微笑んでいた美しい領主だ。間者まがいの妻を領地に迎え入れ、まるで本心から彼女を愛しているかのように振る舞っていたあの人は、攫われていった妻を一顧だにせず、「必要ない」と言い捨てた。

秋成はあの人の生まれ変わりだ。時代や国、見た目がどれほど変わっても、同じ魂を引き継いでいる。

いつの時代も人の上に立つ立場で、無邪気に見えて抜け目なく、大局を見極めて行動する。そのためなら自分の本心すら打ち捨てて動ける人だ。

そういう人だと知っていたはずなのに、今生であの人が口にする言葉をどうして一つも疑おうとしなかったのだろう。秋成が口にする「好きだ」という言葉に何か別の意図があるかもしれないと、どうして気づけなかった。

部屋の中はまだ薄暗かったが、もう一度眠る気にはなれずのろのろとベッドを出た。身支度を整えてキッチンへ向かう。

キッチンのシンクには、昨日岸島が持ち込んだワインの空ボトルや、汚れた皿が残ったままだった。普段なら必ずシンク周りは片づけてから眠るようにしているのに。常にないキッチンの状況を見て、昨晩の自分の動揺ぶりを目の当たりにする。

放置していた皿を洗っていると秋成もリビングにやってきた。普段起きてくる時間よりずっと早い。

パジャマのまま室内に入ってきた秋成はキッチン脇を横切りながら「おはよう」と口にする。遅れて「おはようございます」と返した声は、我ながら情けないほど掠れていた。

ソファーに腰かけた秋成は、起きがけだからかけだるい表情で動かない。テレビを見るでもなく、ぼんやりと宙に視線を投げている。

銀次はいったん洗い物を置いてソファーに近づくと、秋成に向かって深く頭を下げた。

「昨日は坊ちゃんの言いつけを破り無茶なことをしてしまい、申し訳ありませんでした。もう二度とあのようなことはしません。ですから」

「いや、もういい。お前を護衛から外せばいいだけの話だ」

途中で言葉を遮られ、心がへし折れそうになった。秋成の口調がどこまでも平坦なのも動揺に拍車をかける。拗ねているのでも脅しているのでもない。秋成はただ、決定事項を口にしているだけだ。

「……そうなったら、俺の仕事がなくなってしまいます」

「私を護衛する以外にも、イベントの警備員なり私人警護なり他の仕事なんて掃いて捨てるほどあるだろう？」

握りしめた指先が冷えていく。秋成は本気だ。このままでは寮に帰されてしまう。ここで言葉を間違えては終わりだ。ごくりと唾を飲んでから口を開いた。

「では……ハウスキーピングの仕事は、これまで通り続けさせてもらっても？」

護衛の仕事は無理でも、せめてハウスキーパーを継続させることはできないか。

考え込むように目を伏せる秋成の横顔を銀次は無言で凝視する。ここで断られたら本当に秋成のそばにいられなくなってしまう。

息すら殺して返答を待っていると、ようやく秋成の目がこちらを向いた。銀次の形相に気づいたのか軽く目を瞠り、目元をほどくようにして笑う。

「そうだな。そちらに関してはまだしばらく頼めるか」

断ったところで銀次が大人しく引き下がるようには見えなかったのかもしれない。苦笑交じりに言われ、詰めていた息をドッと吐く。だが、しばらくは、という言葉を聞き逃すことはできなかった。

（ハウスキーパーの仕事すら、そのうち辞めさせられるのか？）

秋成が自分から離れる準備を着々と進めている。その事実はひしひしと伝わってくるのに、どうすればそれを止めることができるのかわからない。

「そろそろ朝食を作ってくれるか？」

秋成に声をかけられ我に返る。気がつけば時計の針が随分と進んでいた。

慌てていつもの朝食を用意するが、今日に限って目玉焼きが上手く焼けない。卵を割る際、手に力が入りすぎて黄身をつぶしてしまう。フライパンを火にかければ火加減を間違って焦がしてしまい、見るも無残な目玉焼きを何枚も焼いてしまった。

次の卵を焼こうとしたところで、すでに身支度を終えていた秋成に止められた。一番ましな目玉焼きを出したものの、これでは早晩ハウスキーパーとしての仕事も失ってしまうと項垂れる。

秋成は黄身のつぶれた目玉焼きに文句をつけることも、さりとて銀次を慰めることもなく朝食を終えると早々に席を立った。

「もうお出かけですか？」

「ああ、電車で行くから早めに出た方がいいだろう」

「は？」と危うく声を上げてしまうところだった。当たり前に車の鍵を取りに行こうとしていた銀次は棒立ちになる。

「……送り迎えもさせてもらえないんですか？」

「当たり前だ」

素っ気なく言い返されて二の句が継げなくなった。

目を離した隙に秋成に何かあったらどうする。是が非でも止めたかったが、自分はもう秋成の護衛ではない。余計なことを口にしたら最後、秋成にこの場で追い出されるのは目に見えている。

支度を終えて玄関に向かう秋成を銀次はふらふらと追いかける。靴を履く秋成の背中に何度も「送らせてください」と言いかけ、無理やり声を呑み込んだ。

玄関のドアノブに手をかけた秋成が振り返る。

間違えるな。ここで間違えたら終わりだと自分に言い聞かせ、銀次は慎重に口を開いた。

「……お気をつけて、行ってらっしゃい」

秋成の目が緩く弧を描いた。唇の端に満足そうな笑みが上り、秋成の望む言葉を口にできたらしいと息を吐く。

「行ってくる。帰りが遅くなるかもしれないから、夕飯はカレーでも作っておいてくれ」

目の前で重たいドアが閉まる。大学まで尾行をしようかとも思ったが、万が一秋成にそれがばれたらと考えると動けなかった。

こんな場所にたたずんで、秋成を守ることもできない。血と肉で構成された自分の体が、空疎ながらくたのように思えてくる。

ともすれば一日中でもその場に立ち尽くしてしまいそうだったが、どうにか自分を奮い立たせて踵を返す。まずは朝食の後片づけをして、それから買い物に行かなくては。

（カレーを、作らないと）

自分を動かすものは秋成の言葉だけだ。

ならば秋成から離れたら、自分はどうなってしまうのか。

想像して、銀次はぶるりと身を震わせた。

岸島がマンションに押しかけてきた翌日から、銀次は秋成の護衛を一切させてもらえなくなった。できるのは掃除や洗濯、食事の用意など家の中の仕事だけだ。

銀次はすぐさま日報にこの状況を書き、上司の指示を仰いだ。

日報は上司だけでなく秋成の両親も目を通している。ほどなく上司から連絡が来た。わざわざ鷹成から直接上司に連絡があったそうだ。

『結論から言うと、お前はそのままハウスキーパーの仕事をしてくれればいいそうだ』

昼下がりのマンションで、銀次はソファーに深く沈み込んで上司からの電話に耳を傾ける。項垂れて顔を上げることもできない。

「……いいんですか、それで。鷹成様は特に何も？」

『ああ。岸島さんだったか？　親戚が急にマンションに乗り込んできたって聞いて、誰かをそばに置いておいた方がいいって話にはなったそうだが、これまでみたいに登下校まで車でつきそう必要はないそうだ。坊ちゃんももう二十歳だろ？　誘拐されるような年でもないし、お守りがなくても自分で考えて行動できるだろ』

「わかりませんよ。御堂コーポレーション社長の一人息子なんですから。どこで誰に何をされるか」

『そんなこと言ったらお前、一生護衛をつけてなきゃいけなくなるだろう』

「つけたらいいじゃないですか、俺を一生」

電話の向こうで上司が呆れたように溜息をついた。

『お前は坊ちゃんとつき合いが長いから過保護になるのもわかるが、鷹成様は坊ちゃんが高校に進学するときにはもう、護衛を外してもいいって考えてたらしいぞ』

俯いていた銀次は顎を跳ね上げる。そんな話は初耳だ。

『坊ちゃんが小さい頃はまだ吉成様もいたし、嫌がらせも結構過激だったらしいが今はもうだいぶ落ち着いてる。せいぜい会社に柄の悪い連中が押しかけてくるくらいだ。坊ちゃんの護衛はとっくに必要ないって話になってたらしい』

「だったら、どうして今も俺が?」

『そりゃ坊ちゃんがお前を手離そうとしなかったからだよ。その坊ちゃんがもう護衛はいらないって言ったんだから、お役御免は当然だろ』

銀次は再び顔を伏せる。鷹成が秋成を止めてくれるのではないかと期待していたが、そういうことなら望みは薄い。むしろハウスキーパーとしてとどまっていいと言ってもらえただけでも僥倖だ。

『とはいえ、鷹成様たちだって坊ちゃんに一人暮らしをさせるのが心配なんだろ。お前は坊ちゃんとつき合いが長いし、マメに日報も書いてよこすから信頼されてたぞ。大学生は羽目を外しがちだし、お目付け役みたいなつもりでいればいいんじゃないか?』

「だったら本当に、俺は一切坊ちゃんの護衛をしなくてもいいんですね?」

もちろんだ、と上司からも太鼓判を押されてしまった。

本当なら誰かに「それでは筋が通らない」と言ってほしかった。せめて学校の行き帰りはつき従いたい。何かあってからでは遅いではないか。

上司は『坊ちゃんをいくつだと思ってるんだ？』と笑っていたが、自分には前世の記憶がある。どの人生でも秋成は窮地に陥っていたし、自分がそれを守らなければ命を落としていたはずだ。今生でもきっとそうなる。離れている今も、秋成の身に危険が迫っているかもしれない。

当の秋成はこちらの心配をよそに、サークル活動で忙しそうだ。銀次が送り迎えをしなくなったせいで日に日に帰宅時間は遅くなり、サークルの飲み会に参加することも増えた。

秋成の帰りを深夜まで待ち続ける心労に耐えかねた銀次は、せめてこれだけはと頼み込み、秋成の携帯にGPSで位置情報を確認できるアプリを入れさせてもらった。

秋成は「子供じゃないんだぞ」と呆れていたが、やつれた銀次の顔を見て大人しくアプリをインストールしてくれた。

それで少しは銀次も心安らかになったかと言われれば、そんなこともない。秋成が長時間居酒屋にいることをアプリで確認しては、無理やり酒を飲まされているのではないか、悪酔いして飲み屋の隅に転がされてはいないかと心配になった。

それでもなんとか銀次は耐えた。自分はもう護衛ではない、ハウスキーパーなのだと必死で言い聞かせて秋成の後を追いたい気持ちを抑えた。

しかし秋成の護衛を外されてから一週間が過ぎた金曜の夜、いよいよ秋成から『今夜は帰らない』というメッセージが届いたときは、勢い電話をかけそうになった。

どうして、駄目です、帰ってきてください、今すぐ迎えに行きますから、とまくし立てそうになったが、親でもない自分になんの権限があってそんなことが言えるだろう。握りしめた携帯電話がみしみしと不穏な音を立て始めた頃、『先輩のアパートに泊めてもらうことになった』『今先輩の家にいる』という新たなメッセージが届いた。

（どこのどいつだ、その先輩って奴ぁ）

同じ大学のサークルの先輩だろうことは想像に難くないが、本当に身元のしっかりした人物なのだろうか。できることなら直接会って確かめたい。だが実際にそんなことをするのは非常識だ。それくらい自分にもわかる。わかっている。

わかっていても、どうしたって看過できずに家を出た。

GPSアプリを頼りに車を走らせ、適当な駐車場に車を置いて目的地へ向かう。やってきたのはごくありふれた二階建てのアパートだ。全部で六部屋。道路から建物を見上げれば、いくつかの窓から明かりが漏れているのが見てとれた。

肩で息をしながらアパートを見上げていると携帯電話にメッセージが届いた。秋成からだ。

『サークルのみんなで映画見てる。楽しくやってるから心配するな』

一緒に写真も送られてきた。秋成と、その隣に同年代と思しき青年が二人写っている。

先輩と二人きりではなく、他のサークルのメンバーも一緒らしい。秋成と並んで写る青年のどちらが先輩かは知らないが、どちらも純朴そうな笑みを浮かべている。

銀次は秋成から送られてきた写真をしばらく凝視してから、脱力してずるずるとその場にしゃがみ込んだ。

差し当たって危ない目には遭っていないようだ。確認してすぐさま立ち上がる。こんな所で自分のような図体の大きい男がしゃがみ込んでいたら不審者として通報されかねない。

アパートから離れ、送られてきた写真を改めて確認した。

秋成は楽しそうに笑っている。隣の二人も羽目を外して乱痴気騒ぎをするようなタイプには見えない。このまま帰っても大丈夫だろう。

そう思うのに足が動かない。先輩とやらの部屋の場所すらわからないのに、アパートの窓から漏れる光を見詰めてしまう。

我ながらどうかしている。そんなことはわかっている。

わかっていても譲れないことがあるからどうしようもない。

動けずにアパートを見詰め続ける。六月の夜、まだ夏らしい暑さもなく、こうして外に立っていても苦にならない。だからこそ困ってしまう。この場を立ち去る決心がつかない。あそこに秋成がいるのだと思えば、なんの変哲もないアパートをいくらでも見ていられる。

（どうかしてる）

何度となく胸の中で繰り返す。自覚があるから質(たち)が悪い。秋成に関することとなると、本当に自分はどうかしてしまう。

銀次は近くの住民に通報されぬよう、ときどき場所を変えながらアパートの窓を見守り続ける。やがて窓の明かりが一つ落ち、二つ落ち、すべての窓から電気が消えてもその場を動かず、空が白々と明ける頃、始発に合わせて秋成がアパートから出てきたのを見届けてそっと近くの駐車場に戻った。

先んじてマンションに帰り、何食わぬ顔で秋成を出迎えるために。

秋成の誕生日まで、あと二日。

銀次が秋成の護衛をやめ、ハウスキーパーとして働くようになってからすでに十日以上が経っていた。

秋成の護衛がないと、外に出るのは近所のスーパーに買い出しに行くときくらいだ。あまりにも秋成の帰りが遅い日はGPSアプリを使ってこっそり様子を見に行くこともあるが、それは秋成に知られていない。

秋成は毎朝ごく当たり前に電車に乗って大学へ向かう。家を出る時間がこれまでより早くなり、帰ってくる時間が格段に遅くなったこと以外は特に変わりもなかった。

変わりがないと言えば、目の下に隈を作っているのも相変わらずだ。海外ドラマの見すぎかと思ったが、それだけでなく、どうも寝つきがよくないらしい。

以前の銀次なら強引に「病院に行ってください」と迫ったところだが、今は二の足を踏んでしまう。あまりしつこくしてマンションを追い出されても困る。

秋成の帰りを待ちながら夕飯の支度をしていた銀次は、包丁を持つ手を止めて溜息をついた。よもや秋成に対してこんな気の遣い方をする日が来ようとは思っていなかった。

どんなにへそを曲げたところで、最終的に秋成は銀次を許す。拗ねたふりをすることはあっても決定的に自分を遠ざけることはしないはずだ。幼い頃から秋成を見守ってきた銀次にはそういう確信があった。

驕りだったと今なら思う。

今はもう、秋成に今後の自分の扱いについて尋ねることすらできない。このまま大学を卒業するまで銀次をハウスキーパーとして雇うのか、それとも早々に銀次を追い出し一人暮らしを始めるのか、あるいは別の護衛を用意するのか。迂闊に尋ねて、望まぬ答えが返ってきたらと思うと躊躇した。

今後と言えば、明後日のこともまだ秋成に尋ねていない。

明後日(あさって)は秋成の誕生日だ。プレゼントは銀次が欲しい、などと言われてからまだ二月も経っていないはずなのに、海辺のピクニックが遠い昔のように思われる。

秋成としては自分がゲイだと周囲に知らしめることができれば相手は銀次でなくてもよかったようだし、あの日の会話もなかったことになっているのだろう。

(だとしても、せっかくの誕生日だ。せめてケーキの一つでも……)

考えながら料理を作っていたら玄関先で物音がした。秋成が帰ってきたようだ。

本当はGPSアプリを見ながら調理をしていたので、秋成がマンションの敷地内に入ったことはとっくに気づいていたが、四六時中こんなものを見ていることがばれぬよう、一呼吸おいてから廊下に出る。

玄関先には思った通り秋成がいて、銀次を見て「ただいま」と声を上げた。

「お帰りなさい。今日は早かったですね」

「ああ。今日はみんな用事があるとかで先に帰ったから、まっすぐ帰ってきた」

そうですか、と返す声が弾んでしまった気がして、咳払い(せきばら)いでごまかした。親の帰りを待つ子供でもあるまいし、こんなことで喜んでどうする。

「なんだかいい匂いだな?」

キッチンに戻ると、洗面所から秋成の機嫌のよさそうな声が響いてきた。

「鶏(とり)の照り焼きです。少し早いですが、もう夕飯にしますか?」

「する!」という声とともに秋成がリビングに入ってきた。カウンターキッチン越しに皿を手渡せば、いそいそと受け取ってテーブルに並べてくれる。

こういうやり取りは以前と変わらない。だからこそ、この穏やかな生活が少しでも長く続いてくれればと思ってしまう。

「今日はご馳走だな」

銀次と一緒にテーブルに着いた秋成は、両手を合わせて嬉しそうに笑う。

「ご馳走というほどではないでしょう。そうだ、坊ちゃんの誕生日はどうします？　何かリクエストがあれば作りますが。それとも外に食べに行きますか？」

箸を手に取った秋成がこちらを見る。目を輝かせてあれこれ要求を並べてくるのを待ち構えていたが、秋成は微かに笑って首を横に振った。

「いや、明後日はサークルのみんなと食事に行く。だから夕食はいらない」

銀次は軽く目を見開いて、一呼吸おいてから口を開いた。

「――そうでしたか。わかりました」

「帰りも遅くなると思う。先に寝てていいぞ」

はい、と返して鶏の照り焼きに箸を伸ばす。一切れ口に運んで咀嚼するが、味がよくわからなかった。

秋成だってもう大学生なのだし、誕生日くらい友人と過ごすだろう。十以上も年の離れた護衛と誕生日を祝うよりそちらの方が楽しいに決まっている。それなのに、毎年秋成から誕生日を祝ってほしいとねだられていたので今年もそうなるものと思い込んでしまった。

秋成はいつもプレゼントの類をねだらず、代わりに銀次とどこかに出かけたがった。水族館やプラネタリウム、テーマパークも行ったし、気になる催しがあるからと博物館に連れていかれたこともある。

友達と一緒に行けばいいのでは、と毎年思っていたが、秋成が楽しそうなので文句はなかった。今年はどこにも行かないのだろうかと考え、遅れて気づく。

(……あれも、俺を外に連れ出すための方便だったんだろうか)

そうやって、仕事の他にも楽しいことはたくさんあると銀次に伝えようとしていたのかもしれない。自分の命よりも秋成を優先してしまう銀次の行動が変わることを祈って。

だが銀次は何ひとつ変わらなかった。

だからもう、見限られたということか。

味のわからない料理を黙々と口に運ぶ。秋成も誕生日のことに関しては何も言おうとしない。

二人きりの食卓がこんなにも息苦しく感じたのは初めてだ。何か一つでも余計なことを言えばこの時間が崩れ落ちてしまいそうな、妙な緊張感が背中に迫る。

食事も終わりに差しかかる頃、「銀次」と秋成に声をかけられた。

「食後にコーヒー淹れてくれないか？　お前の分も。少し話があるんだ」

ぎくりとした。秋成は楽しそうに笑っているが、ひどく嫌な予感がする。

秋成から話を切り出される時間を伸ばすかのように、いつもより丁寧にコーヒーを淹れてテーブルに戻った。秋成の前にコーヒーを置き、向かいに自分も腰を下ろす。

秋成はコーヒーを一口飲むと、焦らすことなく本題を切り出した。

「お前との同居を解消したい」

やはり、という言葉が頭に浮かんだ。

そんな気はしていた。秋成は最初からハウスキーパーとして長く自分を雇うつもりはなさそうだったし、いつその言葉をかけられるかと戦々恐々していたが、とうとう言い渡されてしまった。

銀次はテーブルの上で両手を組むと、努めてゆっくりと深呼吸をした。

「俺がいなくなったら家事はどうするんです。新しいハウスキーパーを雇うんですか？」

「自分のことくらい自分でやる。私だってある程度家事はこなせるぞ」

「ある程度でしょう？」

「洗濯機の回し方も覚えたし、風呂とトイレの掃除もできる。部屋の掃除は掃除ロボットに任せればいいし、料理の腕前に関してはお前とそう大差ないはずだぞ？」

銀次は軽く唇を開いて、閉じる。言い返せない。

そもそも銀次自身がこれまでろくな家事をこなしていなかったのだ。家事のスキルは秋成とそう変わらない。自分一人いなくなっても、秋成の生活に大きな支障はないだろう。

「……ですが、鷹成様がなんとおっしゃるか」

「父さんには私から説明しておく」

苦しい言い訳は軽やかに一蹴される。鷹成は一人息子の秋成に弱い。秋成を止めるどころか、銀次に早く寮に戻るよう促してくるかもしれない。

どうにかここに居続ける方法はないかと必死に考えるが、それらしい言い訳が思いつかない。どう考えたって、二十歳目前の大学生と三十を超えた護衛が一つ屋根の下で暮らしている状況の方がおかしいのだ。

ずるずると視線が落ちて、手元に置いたコーヒーカップの中に落ちる。

真っ黒な液体に映る自分は情けないくらい途方に暮れた顔をしていて、もう秋成の顔を見返すことができなくなった。

「……俺がここにいると、迷惑ですか?」

どうにかこうにか絞り出した声が妙に哀れっぽく響いてしまって唇を噛んだ。これでは情に訴えているようだ。

秋成は静かにカップをテーブルに置くと、一呼吸おいてから言った。

「恋人ができた」

コーヒーに映っていた自分の顔から表情が消えた。ゆるゆると顔を上げれば、テーブルに肘をついた秋成が静かな表情でこちらを見ていた。

「サークルの先輩だ。前に部屋に泊めてもらった」

あのアパートの、と漏らしかけて寸前で呑み込んだ。秋成が外泊した日、アパートの前で夜を明かしたことなどばれるわけにはいかない。

「ついこのあいだ先輩から告白されたんだ。びっくりした。同じ性的指向の人間がこんな身近にいるなんて思ってなかったから」

どこかはしゃいだように笑ってそんなことを言う秋成の顔を銀次は呆然と見詰めていたが、次の瞬間、腹の底から勢いよく何かが噴き上がってきた。

熱気のようなそれは喉元に近づくにつれ明確な言葉を伴い、喉の辺りで大きな塊となって気道でつかえる。危うく、いいんですか、と声に出してしまうところだった。

(それでいいんですか。だってあんた、俺のこと――)

好きだったんじゃないんですか、と胸の中で呟いて、虚しさに脱力した。

そもそも秋成は本気で銀次を好いていたわけではないのだ。本気だった時期もあったかもしれないが、今やすっかり銀次に見切りをつけている。自分のために命を捨てようとしている人間など手元に置いておけない。そう判断して銀次を恋人候補から外した。

理解していたつもりなのに、秋成に恋人ができたと聞いた瞬間、腹の底から湧き上がってきたのは明確な怒りだった。お門違いな怒りは一瞬で冷めたが、代わりに冷たい失望が喉の奥を凍りつかせて息が苦しい。

失望。

そんな言葉が頭に浮かんだことに遅れて衝撃を受けた。自分は何か望みを失ったのか。何を。突然腹の底で爆発した感情が大きすぎて上手く処理できない。

瞬きしか返せない銀次を見て、秋成は肩を竦める。

「お前がいると、この部屋に先輩を呼べないだろう？」

幼い子供に言い含めるような口調は、夢で見たあの人のようだ。

あの人はいつ出会っても自分よりずっと年下だったけれど、背負うものの多さや責任の重さのせいか、実年齢よりも上に見えた。

銀次、と名前を呼ばれて我に返る。反射的に「はい」と返事をしていた。背筋が伸びる。腹の底でぐるぐるととぐろを巻く感情に翻弄されながらも、秋成に名を呼ばれると長年の習いで自然と体がそちらを向く。

自分の感情を無視して体が動く。まるで夢を見ているようだ。心なしか、目の前の風景からも色が抜けていく気がする。視界が暗い。

秋成は銀次の目を見詰めたまま、はっきりとした口調で言った。

「今週中に荷物をまとめて、週末にはここを出ていってくれ」

これが夢だったらよかったのに。

「いいな？」と念を押す秋成に、銀次はやっぱり「はい」と答えることしかできなかった。

秋成の誕生日当日、銀次は夕食の用意もせず、ぼんやりとダイニングテーブルに腰かけていた。

時刻はすでに二十二時近いが空腹を感じない。家事はすべて終わらせ、日報も書いた。後はもう風呂にでも入って眠るだけだが、遅くに帰ってくるだろう秋成を出迎えるため、こうして何をするでもなくダイニングに待機している。

さすがにもう帰ってくる頃かと壁の時計を見上げたそのとき、テーブルに置いた携帯電話が小さく震えた。心臓が跳ね、勢いよく携帯電話を取り上げる。

秋成からのメッセージだ。迎えに来てほしいという連絡ならすぐにも家を出るつもりでいたが、届いた内容は想像と違うものだった。

『先輩の部屋に泊めてもらうことになった。明日は先輩の部屋から直接大学に行く』

気がつけば、椅子を蹴倒す勢いで立ち上がっていた。誰にともなく、おい、と呟いた声は恐ろしく低く、自分の動揺が浮き彫りになる。

銀次は慌ただしく指を動かしてメッセージを送る。

『先輩って、恋人になったっていうあの先輩ですか』

少し間をおいて『そうだ』と返ってくる。

恋人の家に泊まる。それがどういうことか秋成はきちんと理解しているのだろうか。

駄目だ、危ない。今すぐ帰れと伝えたい。

通話アイコンをタップしようとしたものの、ぎりぎりのところで思いとどまった。

秋成は今日、二十歳になった。恋人の家に泊まったってなんらおかしなことはない。

銀次は奥歯を噛みしめて椅子に座り直す。ＧＰＳアプリを立ち上げ、秋成の現在位置を確認した。

五分ごとに秋成の現在位置が送信されてくる。駅前にいたようだがゆっくりと移動して、途中でコンビニに寄り、どこかのアパートに到着する。

以前、銀次が一晩中その前に立っていたアパートだ。やはりあの先輩の部屋か。

一瞬、またアパートの前に駆けつけて一晩明かそうかと思ったが即座に思いとどまった。単なる大学の先輩の部屋に泊まるのではない。秋成にとっては初めて恋人と過ごす夜なのだ。それを外から見張ろうなんて悪趣味としか言いようがない。

銀次は携帯電話をテーブルに戻すと、秋成になんの返信もできないまま両手で顔を覆った。

目を閉じてじっとしていると、闇の中をゆっくりと下降していくような錯覚に囚われる。

全身が重い。この疲労感はなんだろう。立ち上がれそうもない。

（落ち着け。これは……あれだ、長年見守ってきた坊ちゃんに恋人ができて、そのことに衝撃を受けてるだけだ。あの小さかった坊ちゃんが、恋人の家に泊まるなんて……）

うっかり具体的な情景を想像しそうになって、両手で乱暴に顔をこすった。足りずに手を握りしめたら爪で瞼を引っ掻(か)いてしまい、鈍い痛みに低く呻(うめ)く。

秋成に恋人ができたって何ひとつ構わないはずだ。自分は秋成を守ることだけ考えていればいい。

同居を解消されたらいっそのこと仕事を辞め、この近くにアパートでも借りてしまえばいいのだ。秋成と接触しないよう身を隠して護衛を続けることだってできなくはない。だが、そうなれば秋成と恋人が仲睦まじく過ごすところを幾度となく目にすることになるだろう。

その状況を想像するだけで、どうしてこんなに体が重たくなるのか。

（……もう、坊ちゃんのそばにはいない方が？）

水底から泡が浮いてくるようにぷかりと頭に浮かんだ言葉に硬直する。

そんなことをしたら誰が秋成を守るのだ。自分が生まれてきた意味を忘れたか。

前の人生でも、その前の人生でも、自分は必ず秋成を守って死んだ。自分はそのために生まれてきたのだ。それ以外の意味などない。だから今生でも守らなければ。

過去の自分のように、あの人を。

（――どうして？）

硬いレンガを積み重ねるように思考を重ねていたら、慌てて積み上げたレンガの隙間から光が差すように、一筋の疑問が胸に投げ込まれた。

自分が秋成を守ろうとしている理由はなんだろう。

(もしも前世の夢を見ていなければ、俺はここまでして坊ちゃんを守ろうとしたか?)

自分は秋成を守ろうと必死になっているのだろうか。それとも過去の自分の行動を模倣しようと躍起になっているのか。

もう十年以上も前、秋成に出会った瞬間、夢の通りにしなければと強く思った。

幼い秋成に前世で見たあの人を透かし見たからか。だとしたら自分は秋成ではなく、その背後にいるあの人たちを守ろうとしているということか?

(……違う。俺はあのとき)

積み上げた思考がぐらぐらと揺れる。長年直視しないようにしてきた本音が、表向きの行動理由を突き崩そうとしている。

幼い秋成を見たとき、あの人だ、と思った。

あのとき胸に浮かんだのは、何度となく巡り会ってきたあの人に会えた歓喜ではなかった。迷子の子供がさんざん道に迷った末、家に辿り着いたときのような安堵だった。

当時の感情が生々しく蘇り、十年以上の時を経て銀次はようやく自分の本心と向き合う。

(俺は、坊ちゃんにすがりついたんだ)

まだ年端も行かない秋成に、自分が生まれてきた意味を押しつけてしまった。

銀次は目元に拳を押しつけたまま、室内に響く秒針の音に耳を傾ける。

もうすぐ日付が変わる。秋成の誕生日が終わってしまう。

この十数年間、朝から晩まで一日中秋成に独占されてきたこの日を、たった一人で終えようとしている。

その事実に打ちのめされて、銀次はいつまでも顔を上げることができなかった。


冬は嫌いだ。すぐに日が沈む。

もっと嫌いなのは青から紫に染まっていく夕暮れの空だ。夏は昼間が長い分夕暮れも一瞬で終わってしまうのでまだいいが、それ以外の季節は夕から夜の境が長い。ゆるゆると暮れていく日。まだらに染まる空。道端の石を蹴って、ぐずぐずと時間をつぶした帰り道。

幼い頃から父親の理不尽な暴言や暴力に晒され、家に帰るのが憂鬱だった。

どうしてこんな家に生まれてしまったのか。なぜあんな男が父親なのか。不平不満を奥歯で嚙み砕き、家ではなるべく表情を作らず過ごした。

それでもまだ、母親が家にいた頃はよかった。酔いつぶれていびきをかいている父親をアパートに残し、母と二人、深夜のファミレスで食べたポテトは美味かった。このまま二度と家には帰らず、どこか遠くに行けたらいいのにと何度も思った。

母もきっと同じことを考えていたのだろう。ある日突然家から姿を消した。

銀次の想像と違ったのは、母が自分を連れず一人で家を出ていってしまったことだ。

アパートにはろくでなしの父親と、小学三年生だった自分だけが取り残された。

父親と一緒に自分も捨てられたのだと思った。

母が父親から逃げようとするのはわかる。でも自分のことまで置いていくのか。母にとっては自分も父と同じような存在だったのかと思えば暗澹(あんたん)たる想いに襲われた。

父親からは殴られ、母親からは捨てられて、自分はなんのためにここにいるのだろう。

そんなことを考えていたとき、前世の夢を見るようになった。

最初はそれが自分の前世とも知らず、モノクロの映画を見るような気分で夢を見ていた。夢に出てくる男性は美しい人と出会い、いつもその人を守って死ぬ。こんなふうに誰かを守れる人には、きっと生まれてきた意味もあるのだろう。

自分も誰かを守れたら、生まれてきた意味があることになるだろうか。

そんなふうに考えたが、肝心の守りたい相手がいない。唯一思い浮かんだのは母親くらいだが、今はどこにいるのかもわからなかった。

考えた末、銀次は母親を守る代わりに、許すことに決めた。

本音を言えば、自分を置いていった母親に対する恨みはある。もう一度母親に会えたら、父親と二人きりにされた恨みつらみを暴言交じりに吐き出してしまいたくもあった。

けれどそれらを、銀次は胸の底に押し込んだ。

母親のいない生活は辛いけれど、母が父に怯えていたこともわかっている。だから仕方ない。母親のことが好きだから、辛い気持ちは呑み込んで許そう。

きっと夢に出てくる男性も、こんなふうに苦しい気持ちを押し殺して死んでいくのだ。その人生には意味がある。それを真似た自分の人生にも意味はあるはずだ。

そう思い込んで自分を慰めることしかできなかった。

繰り返し夢を見るうちに、いつしか夢の中の男性と銀次の意識は混じり合い、自分自身があの人を守っているような気分になっていった。それは現実では得られない不思議な充足感だった。

小学生の頃は夢を見るのが待ち遠しかったが、中学生になると心境が変わった。

こんな夢を繰り返し見ている自分はどこかおかしいのではないか。あれは夢というより願望、あるいは自分の妄想ではないかと思うようになったのだ。

中学を卒業する頃には、誰かを守って死ぬなんてナイト気取りか、と急速に白けた。実際にはそんなことできるはずもないのに。

高校一年のとき、父親の暴力と暴言に耐えかねて家を飛び出した。

夜の街には自分と似たような境遇の若い連中が集まって、拙い互助関係のようなものを築いている。銀次は学校を辞め、ネットカフェで仮眠を取り、日雇いのアルバイトをして糊口をしのいだ。

狭いネットカフェでも、ときどきモノクロの夢を見た。そのたびに、まだこんなものを見るのかと自分自身に怒りが湧いた。

自分は夢に出てくる男のようには生きられない。

誰も守れない。守りたいと思えるような相手もいない。

唯一慕っていた母親からはとうに手を放され、学校でもろくな人間関係を築けなかった。夜の街には似たような境遇の人間が集まっているが、その場限りの関係ばかりだ。気がつけば隣には誰もいない。

薄い壁を隔てた向こうに他人の気配を感じるネットカフェで、なんで自分は生まれてきたんだろう、と何度も思った。自分が生きている意味などあるのか。

どうにかこうにか今日を生き延びるだけの金を稼いで眠る。その繰り返しだ。この先の日々が上向きに変化していくような兆しもない。

じりじりと消耗していく。肉体も、精神も。

夢の中だけでなく現実からも色が抜け始めた頃、出会いは唐突に訪れた。

「要人警護を頼みたい」

NPO団体に声をかけられ、警備会社に就職してまだ間もない頃、突然上司からそう告げられた。経験も浅い自分に要人警護などできるわけもないと二の足を踏む銀次に、上司は悪戯っぽく笑って言った。

「たぶん、お前が適任だ」

上司に連れられ、初めて御堂家の邸内に足を踏み入れた。防犯カメラが何台も設置された門をくぐるときは緊張したものだ。

家を囲う高い塀の内側には見事な日本庭園が広がっていた。門から家までちょっとした散策ができるくらいの距離があり、これが一個人の住宅なのかと目を剝いた。

庭の奥にはどっしりとした瓦屋根の日本家屋が立っている。そちらに向かう間も、庭のそこここに黒服を着た護衛の姿を見かけた。

上司に連れられているとはいえ、いかにも物慣れない風情の年若い銀次に彼らは威嚇するような視線を向けてくる。場違いなのは自分が一番よくわかっていて、できることならすぐにもこの場から逃げ出したかった。

上司は正面玄関を素通りし、慣れた足取りで玄関脇にある縁側へ向かった。

縁側の前には大人が悠々と泳げるほどの池があり、風が吹くと水の上にさざ波が走る。

その光景に、ふと胸を摑まれた。

池の縁に立派な松の木が植えられている。それなのに、どうしてか柔らかく風にそよぐ柳の枝を思い出した。

池に目を奪われていたら、よそ見するな、と上司に小突かれた。慌てて前に視線を戻せば、まだ小学校にも上がっていないだろう小さな子供が縁側に腰かけ、爪先をぶらぶらと揺らしていた。

その傍らには厳つい顔をしたスーツ姿の護衛がいて、普通の子供じゃないんだな、とわかりきったことを考えた。こんな豪邸に住んでいるのだ、普通であるわけがない。

玉砂利を踏んで縁側に近づく。だんだんと子供の目鼻立ちがはっきりしてきた。子供の顔などどれもこれもぼんやりとした印象だったが、この子供は幼いながらに顔つきがはっきりしている。鼻が高く、目元の切れ上がった美しい顔立ちだ。

足音に気づいたのか子供がこちらを向いた。

丸い、大きな瞳が銀次を捉える。動物のような感情の窺えない瞳がまっすぐに銀次を貫いた、その瞬間。

——あの人だ。

新幹線が突っ込んでくる速さで胸に言葉が迫ってきて、息が止まった。

理解より先に確信が全身を襲う。あの人だ。間違いない。見た目も年齢も何もかも違うが疑いようがなかった。肉体など魂の器でしかない。小さな体を透かして見えるこの気配は間違いなくあの人だ。

上司が自分を紹介している間、瞬きも忘れてあの人の顔を凝視した。あの人もまた、銀次から視線を逸らそうとしなかった。

「お前からもちゃんと挨拶しろ」

上司に軽く背を押され、よろけるようにして前に出た。

長年見てきた夢に引きずり込まれたような気分で、「生島(いくしま)銀次です」と自己紹介をすると、あの人が小首を傾げた。

「ぎん？　ぎんじ？」

声が小さすぎてよく聞き取れなかったらしい。たどたどしく名前を呼ばれ、銀次は秋成の前に膝をついた。

まるで傅(かしず)くような格好をした銀次を見て、上司と近くにいた護衛がぎょっとした顔をした。あの人だけはまるで怯まず、むしろ当然のような顔で銀次を見返してきた。

「はい、銀次です」

「銀次」

「そうです、銀次です」

あの人は飴玉(あめだま)でも転がすように口の中で「銀次」と呟いて、はにかんだように笑った。

それから自分も「秋成です」と言ってぺこりと頭を下げてくる。

「そうですか……。秋成様」

それが今生の名前なのかと感慨深く思っていたら、秋成がぶらぶらと足を揺らして笑った。

「でもみんな、坊ちゃんって呼ぶよ」

「じゃあ、坊ちゃん?」

うん、と頷いて秋成は屈託なく笑う。

こんなにも無邪気に笑うあの人を初めて見た。まだ重圧を背負う前のあどけない姿に胸を衝かれる。

「今度は銀次が僕のそばにいるの?」

「はい。そばにいます」

前の人生も、その前の人生もそうだったように。

「俺に守らせてください」

懇願に近い銀次の口調に、秋成は笑みを浮かべたまま頷いた。

「わかった。いいよ」

あのときの、許された、という深い安堵感が今も忘れられない。

秋成の顔を見た瞬間、子供の頃から繰り返し見てきた夢は前世の記憶なのだと理解した。

夢の中であの人を守って死ぬ男は自分だ。

ならば自分も、この人を守るために死ぬのだろう。そのために生まれてきたのだ。

自分が生まれてきた意味はあるのか、という長年の問いに明確な答えが出た。茫洋としていた人生の筋道がはっきりと浮かび上がる。

母親から捨てられ、父親からはストレスの捌け口にされ、家を飛び出してしまえば空っぽの手を見詰めることしかできなかった自分にもきちんと生きる意味はあった。

安堵で全身の力が抜けて、しばらく立ち上がることもできなかった。

当時銀次は十七歳。高校を中退し、家にも帰れず、右も左もわからないまま着慣れないスーツに袖を通して必死で大人のふりをしていた子供に過ぎなかった。

秋成が縁側から下りてきて、庭先に膝をついていた銀次に手を差し伸べる。恐る恐る掌の中に包み込んだ手は小さくて、少し湿っていて、指先まで熱かった。

「行こ」と言って秋成が銀次の手を引っ張る。

立ち上がってその後を追いかけながら、守らなければ、と強く思った。

この人を守って死ぬ。それが自分の生まれてきた意味だ。

だから自分は、ここにいていい。

確信を持ってそう言える。そのことが、十七歳の銀次には何より得がたい幸福だった。

久しぶりに、ネットカフェで寝起きしていた頃の夢を見た。

目覚める直前、背中や腰に鈍い痛みを感じたせいだろう。低く呻きながら瞼を上げた銀次は、ダイニングテーブルに突っ伏している自分に気づいてゆっくりと身を起こした。無理な体勢で寝ていたので体中がぎしぎしと軋む。リビングの窓からはすでに明るい光が差し込んでいて、時刻は朝の八時を過ぎていた。

先輩の部屋に泊まってくると秋成から連絡を受けたにもかかわらず、明け方までこうしてリビングで帰りを待ってしまった。GPSアプリを確認すると、すでに秋成はアパートを出て移動を始めているようだ。このまま大学に向かうのだろう。

携帯電話をテーブルに戻し、掌でのろのろと顔をこする。そのまま両手で顔を覆い、深々と息をついた。

（俺は長いこと、坊ちゃんに生かされてきたんだな）

唐突にそんな実感が湧いたのは、昔の夢など見たせいだろうか。

物心ついた頃からろくでもない人生を歩んできた銀次は、長年自分の生まれてきた意味がわからなかった。秋成と出会い、秋成を守ることこそが自分の存在意義なのだと確信を持てなければ、とっくに自棄を起こしてどこかで野垂れ死んでいたかもしれない。

自分の人生に秋成を守るという大義名分ができたときは安堵した。その大義を手離したくなくて必死で秋成を守り続けた。

つまり自分が長年秋成を守ってきたのは、秋成のためでもなんでもなく、単に自分の存在意義を証明するためだったということだ。

（こんな私利私欲に走った人間が、あの人の護衛なんて続けちゃいけないだろ……）

これ以上、秋成のそばにはいられない。

そう思った瞬間、骨が軋むような痛みが胸に走って息を詰めた。

とっさに喉に力を込める。危うく呻き声を上げるところだった。

秋成から離れなければと思った瞬間、胸に浮かんだのは「嫌だ」という言葉だ。短くて単純なそれが胸の内側で膨張し、肋骨（ろっこつ）を砕き、肉を突き破って外に出てこようとして、銀次はワイシャツの上から強く胸を押さえつけた。

掌の下で、心臓がとんでもない速さで脈を打っている。嫌だ、絶対に嫌だ、と激しく胸を叩いている。

（——なんだ、これは）

もう秋成のそばにいられないのだと思ったら、骨から身を剝がされるような苦痛に襲われた。

母親に置いていかれたときだってこんな気分にはならなかったのに。こんな、息もできないくらい苦しいなんてことは。

銀次は呼吸を落ち着かせるべく深呼吸を繰り返し、ゆっくりと椅子から立ち上がった。そのままリビングを出て、のろのろと自室に向かう。

歩きながら、本当にこれ以上ここにいてはいけないと思った。秋成から離れられなくなってしまう。理由はわからない。わからないから恐ろしい。

自室に入った銀次はベッドの横を通り抜け、両開きのクローゼットの戸を開けた。中にはスーツとワイシャツ、秋成からもらった服が数着ぶら下がっているだけでがらんとしている。クローゼットの隅には段ボール箱とボストンバッグが一つ。その中にこまごまとした日用品が収められている。

このマンションに引っ越してきた際、銀次はボストンバッグに数日分の下着と着替えだけ詰めて持ってきた。あれ以来、増えたものは秋成が買ってくれた洋服くらいのものだ。ここにかかっている数着の服を段ボール箱に詰めてしまえば荷造りは終わる。

今週中に荷造りをしろと言われていたが、準備には一日もかからない。それなのに、金曜の今日までぐずぐずと足踏みしてなんの支度もできなかった。

自分がいなくなったら、この部屋に秋成の恋人が招かれることになるのだろうか。

想像するとまた胸の内側が鈍く軋んだ。嫌だ、と思う気持ちが骨に嚙みついてくる。

(嫌でもなんでも、坊ちゃんの命令だ。出ていくしかない)

いっそ前世のことを秋成に打ち明けようかと思いもしたが、どれだけ言葉を尽くしたところですんなり納得してもらえるとは思えない。銀次自身、秋成に出会うまで自分は頭がおかしいのではないかと疑っていたくらいだ。

銀次はのろのろとその場にしゃがみ込み、クローゼットの隅に置かれたボストンバッグを手元に引き寄せる。バッグを床に置いたままゆっくりとファスナーを開ければ、中から目にも鮮やかな黄色い缶が現れた。

ハトのマークが特徴的なサブレの缶は店頭に並んでいるものの中で一番大きく、サブレが五十枚も入るという代物である。その缶に、銀次はそっと手を伸ばした。

両手で持ち上げた缶の箱は見た目ほど重くない。動かすと中で微かな音がする。

誰もいない部屋で、銀次はゆっくりと缶の蓋を開ける。その中に納められていたのは、ビーズのペンダントや紙粘土で作ったクマの貯金箱、拙い字で『おてつだいけん』と書かれた紙の束だ。

それは遠い昔、秋成が銀次にくれたプレゼントの数々だった。

銀次にプロポーズをした秋成は、自分の好意を示すため銀次にさまざまな贈り物をくれた。

最初は親のブラックカードなんてとんでもないものを渡してきたが、手作りのものが欲しいと銀次が頼むと、任せろとばかり胸を張っていろいろなものを作ってくれた。

折り紙で作ったウサギに、花の切り絵。紙粘土の細工は折れたり壊れたりしないよう、いくつかは緩衝材に包まれていた。

誕生日に、クリスマスに、あるいはなんでもない日の穏やかな昼下がりに、秋成が「銀次、プレゼント！」と満面の笑みで手渡してくれるそれを、自分はいつも恭しく両手で受け取った。

金色の折り紙で作った指輪に、段ボール製の腕時計。父親のおさがりだろうネクタイピンに、紙粘土で作った宝石をくっつけたものもある。

何をプレゼントしても銀次は使ってくれなかった、と秋成は以前むくれていたが、すべて取っておいてあったのは本当だ。寮からこのマンションに越してくるとき私物のほとんどは処分してしまったが、これだけは大事に持ってきてしまうくらいに。

（坊ちゃんはもう、自分が何を渡したのかもよく覚えてないんだろう……）

ましてや銀次が、こうして後生大事に秋成からもらったものを保管していることなど知る由もない。自分ばかりが思い出に囚われている。

しばらく缶の中を見詰めてから、銀次はまたゆっくりと蓋を閉めた。

（荷物をまとめないと）

嫌だ、という言葉にまた胸の内側を殴られた。遠くない未来、秋成に手を引かれてこの部屋にやってくるだろう先輩とやらの姿を想像すると、その勢いはますます激しくなる。

どうしてこんな痛みを覚えるのだろう。

だんだん息苦しくすらなってきて、銀次は這うようにクローゼットから離れ、床に足を投げ出してベッドに寄りかかる。

昨日はろくに眠れなかったせいか頭が痛い。拍動に合わせて目の奥に鈍い痛みが走って瞼を閉じた。

大きく息を吸って、吐く。

頭の芯を締めつける痛みは少しずつ和らいできたが、まだ胸の内側で何かが暴れている。

嫌だ、嫌だと内側から胸を殴りつけられる。

落ち着け。静まれ。

言い聞かせて何度も深呼吸を繰り返すうち、銀次は浅い眠りに落ちていた。

目の前で、柔らかな柳の枝が揺れている。

目に映る景色はモノクロで、いつもの夢だとすぐにわかった。

柳の枝の向こうには広大な人工池。その縁に立つのはあの人だ。長く伸びた黒髪を風になびかせ、贅を極めた着物を着てこちらに背を向けている。

振り返ったあの人の頬を柔らかな月光が照らす。丸い宝石を連ねた首環(くびわ)が揺れて涼やかな音を立てた。次の瞬間、視界がぐるりと回って場面が変わる。

自分は周囲を布で覆われた狭い空間に倒れ込んでいる。目の前には地面に落ちた料理。ひっくり返った皿。黒い泥。いや、自分の吐いた血だまりか。

布で囲われた空間にあの人が飛び込んできて、地面に倒れた自分に手を伸ばす。

夢の中の自分はあの人の代わりに毒を食らったことに心底ほっとしている。あの人の泣き顔がぼやけて見えなくなる。

瞬きをして、もう一度目を開いたら今度は砂漠に立っていた。

次の人生の夢だ。

こんなふうに夢の中で時代を跨いだのは初めてだ。うろたえる銀次をよそに、夢の中の自分は宮殿から出てくるあの人に深く一礼している。あの人は胸にぶら下げたペンダントを指先でもてあそびながら、機嫌よく手を振ってこちらに近づいてくる。

次の瞬間、風が吹いて砂嵐が視界を覆った。再び目を開けた自分が見たのは、あの人目がけて飛びかかるヒョウの姿だ。

夢中であの人に駆け寄って、獣の鋭い牙からあの人を守った。

首筋から生ぬるい血を流しながらも、あの人を守れたことに自分は安堵している。照りつける太陽が眩しくて目を閉じ、再び開ければそこにはバラが咲き乱れていた。隣には、指先から血を滴らせるあの人が立っている。

今日の夢はなんだろう。次々と時代が移り変わる。

けれどどの人生も大筋は変わらない。あの人に出会い、あの人を守って死ぬ。

自分の命が尽きる場面はどれも凄惨だが、さほど心は波立たなかった。映画を眺めるような気分で自身の人生が幕を閉じる場面を見続ける。

長い映画のダイジェストのようだと思い始めたそのとき、ふいに景色が変わった。

遠くから波の音が近づいてくる。風に乗って潮の匂いが鼻先に届く。

遠くに見えるのは海だ。思った瞬間、モノクロの世界に透き通る青がしみ渡った。

青々と光る海を遠くに眺め、これは前世の記憶ではなく単なる夢だとようやく気づいた。その証拠に見上げた空も、瞳の奥まで染め上げるような青空だ。

視線を前に戻すと、遠くに秋成の姿があった。

秋成は海沿いの公園を出て歩道を歩いている。その向こうからバイクが近づいてくるのを見た瞬間、胸の内側で心臓が激しく収縮するのを感じた。

よそ見運転をしたバイクが秋成へと突っ込んでくる。秋成はそれに気づいていない。何も知らず明るく笑うその横顔を見た瞬間、全身の血が沸騰したようになった。

――守らなければ。

そんな言葉が頭に浮かぶまでもなく体が動く。夢中で地面を蹴って秋成との距離を詰め、限界まで指先を伸ばした。

早く、早くこの人を安全な場所へ。

傷一つつけたくない。痛みも与えたくない。だってこんなにも大事だ。居場所のない自分の手を引いて、ここにいてもいいのだと笑ってくれた。

ゆっくりと成長していくこの人を、眩しく見詰めるようになったのはいつからだろう。

幼い頃の面影を脱ぎ捨て、目線の高さも変わらぬ青年になった秋成の目がこちらを向く。

本当は、ずっとその目をこちらに向けていてほしい。

でも自分の欲望がこの人を縛りつけてしまうのが怖い。

生まれたときからあまりにも多くのものを背負っている秋成には自由でいてほしい。一介の護衛でしかない自分にもし望むことが許されるなら、どうか幸せに。

秋成の手を力任せに引いて、ほとんど放り投げるように公園の歩道へ押しのけた。

バイクはそのまま銀次の方に突っ込んでくる。

ああ、こうやって自分は死ぬのか。

そう思った瞬間、ごく自然に今わの際の言葉が頭に浮かんできた。

それは夢の中の自分が息絶える直前、何度もあの人に囁いてきたのと同じ言葉だ。

前の人生も、その前の人生も、死に際にどうしてもあの人に伝えたくて口にしてきた言葉が胸に転がり落ちてようやく、今生の自分も秋成に対して変わらぬ想いを抱き続けてきたのだと理解した。

「坊ちゃん」

名前は呼べない。いつもそうだ。それほど近い関係ではない。

でも誰より幸福でいてほしいと思う。前世など知らなくても、秋成のためなら迷わずこの身を投げ出そう。命を懸けてでも守りたいと思える相手に出会えた自分は幸福だった。

喉から言葉が溢れる。その声が、自分の耳に届いて目が覚めた。

床に座り込んだまま、ベッドに凭れて眠っていた銀次は緩慢に顔を上げる。

浅い眠りを漂って、短い夢を見ていたようだ。

そう長く眠っていたわけではないだろうが、なぜか頭がすっきりしていた。

(……そうか)

夢の中、自分が最期に秋成に伝えようとしていた言葉を思い出して目を見開く。と同時に、夢の中の自分があの人の危機に直面した瞬間、どんな感情がその身を突き動かしていたのか初めて理解した。

義務感ではない。正義感でもない。もっと血が沸騰するような感情が死の恐怖すら払拭してしまうのだ。

(俺も……だから坊ちゃんを守りたかったのか)

前世の自分に憧れていたからでも、誰かを守って死ねる自分には生まれてくる価値があったのだと確信したかったからでもない。

確かに十代の頃はそういう理由で秋成を守ろうとしていた。でも今は違う。

小さな手で自分の手を引いてくれた秋成に感謝している。大切だ。

そして何より、愛おしい。

（坊ちゃんより大事なものがない）

銀次は身をよじると、ベッドのシーツに顔を埋めた。

愛おしい。

一度言葉にしてしまえばその想いは勢いよく腹の底から湧き上がり、喉や鼻をふさぎ、ぬるい水になって、目の縁から溢れてきてしまう。

この気持ちはもう、ずっと前から自分の中にあったものだ。

親にすら振り返ってもらえなかった自分に懐いてくれる秋成に胸が詰まった。微笑ましいプロポーズには頬が緩んだし、子供らしいアプローチが愛しかった。

けれどだんだん秋成が成長していって、背が伸び、声が変わり、こちらを見る目にそれまでと違う色が滲み始めた頃、押し殺した声で「好きだ」と言われて銀次は怯んだのだ。

銀次は秋成が小学校に通う前の姿を知っている。その成長を間近で見守っていただけに大人と子供の境目は曖昧で、自分に向けられる好意がいつからこんなふうに変化していたのかもわからなかった。

当時秋成は中学生。まだ恋心を理解するには早い年頃のように思えた。

一方で銀次もまた、自分が秋成に向けている愛しさがどういう種類のものなのかとっさに判断がつかなかった。家族間ですら愛情のやり取りなどほとんどなかったのだ。親愛と敬愛と性愛の違いなどよくわからない。

そして、わからないということはつまり、まだ中学生の秋成にそんな目を向けている可能性も否定できないということだ、と思い至ってぞっとした。

罪悪感と居た堪れなさに足首を摑まれそうになって、慌てて自分の感情に蓋をした。幼い頃から知っている秋成にそんな感情を抱くこと自体が禁忌のように思われたのだ。

それ以降、秋成から向けられる慕情に対して銀次は徹底的に鈍感になった。

そうあるように仕向ければ、感情は簡単に鈍麻する。父親と二人で暮らしていた頃も毎日やっていたことだ。突然襲ってくる暴言や暴力に対する恐怖や、明日の道筋が見えない不安を押し殺し、なんでもない顔でやり過ごす。少しでも感情を外に出したら溢れて止まらなくなるのはわかっていたから、意地でも気づかぬふりをした。

それでも秋成は銀次に好意を寄せることをやめなかった。

無邪気な笑顔で銀次の手を引き、少しでも明るい方へ引っ張り出そうとしてくれた。何も持たない自分に「好きだ」と繰り返し言葉にしてくれた。

秋成に対して何も思わずにいようとしていたのに、そばにいるだけで愛しさは募る。

山のように積もったそれは、静かにしていればずっと動かずそこにあったはずなのに、秋成に恋人ができたと宣言された途端に雪崩(なだれ)を起こして銀次を呑み込んでしまった。

愛おしい。

もう一度、嚙みしめるように胸の中で呟く。

幼い頃の秋成の面影が目の裏にちらついてなかなか素直に自分の気持ちを認めることができなかったが、自分は今現在秋成に惹かれている。誰にも渡したくないと思うほどに。十以上年の離れた相手に恋愛感情を抱いている。いつからかはわからない。だから怖い。でもこの想いが胸の内に根づいてしまっていることは揺るがしようのない事実だ。

秋成の幼さに惹かれたわけではないことは、成長した今も秋成を愛しく思う気持ちが証明してくれるだろうか。そこまで考えて、いや、と銀次は首を横に振った。

(もう、世間からどんな誹り(そし)を受けたって構わないだろ)

自分はすでにこの気持ちを認めてしまった。変態でもなんでも好きなように呼んでくれと、吹っきれた気分でシーツから顔を上げる。

湿った顔を掌で乱暴に拭い、再びクローゼットの前に戻った。ボストンバッグにしまったサブレの缶をもう一度取り出して、今度はそれをベッドの上に置く。

缶の中からひとつひとつ秋成のプレゼントを取り出しながら、秋成を守る理由を改めて考えてみた。

(坊ちゃんが好きだ。あの人のいない世界に取り残されるくらいなら、俺の命を使ってでもあの人を生かしたい)

それは献身ではなく我儘だ。過去の自分もこんな身勝手な理由であの人を守って死んだのだろうかと苦笑する。

（でも、これまでだって随分と勝手な理由で坊ちゃんを守ろうとしてきたしな）

自分の人生に意味があると証明したくて躍起になっていた十代の頃を思い出して溜息をつく。死ねば綺麗に幕引きができると息巻いていた、捨て鉢だったあの頃。

そんな自分の人生に対し、秋成は我が事のように憤ってくれた。「これからは僕が守るから！」と秋成が腰に飛びついてきたときは、不覚にも泣きそうになった。

そして秋成は実際に、銀次の心を守ろうとしてくれた。

銀次に誕生日やクリスマスのプレゼントをもらった経験がないと知ればこうして手作りのプレゼントを用意してくれたし、つい先日だって学校行事に弁当を持っていったことのない銀次のために朝早くから弁当を作ってくれた。

海を見ながら食べた弁当は美味かった。誰かと一緒に弁当を持って出かけるのも楽しかった。

子供の頃に得られなかった時間を、わざわざ秋成が作ってくれたのが何より嬉しかった。

（――この思い出だけで十分だ）

ベッドの上に並べたプレゼントの数々を眺め、銀次は深く息をつく。

本当は秋成を独占したい。できたばかりの恋人から奪ってしまいたい。離れることは耐えがたい。

だが、あれほど嫌だ嫌だと胸を殴りつけてきた言葉たちはもう静まり返っている。

銀次以外の誰かと新しい関係を築くことを望んだのは秋成自身だ。それならば、秋成の気持ちを最大限尊重したい。自分の欲望を押しつける気にはもうならなかった。

(同居を解消されても、坊ちゃんに恋人ができても、俺のすることは変わらないだろ)

何をぐずぐずと悩んでいたのだろう。どんな状況に置かれようと、自分のなすべきことは一つ。秋成を守ることだけだ。

(なんだったら坊ちゃんの恋人ごと守ってやる)

秋成が他の誰かと仲睦まじく過ごす姿に、最初は胸を焼かれるような嫉妬を覚えるかもしれない。だとしても目を逸らしては駄目だ。それでは秋成を守れない。

生まれ変わっても自分の行動理由は変わらない。最愛のあの人を守りたいと、その気持ちだけで動いている。

銀次はベッドの上に広げたプレゼントをひとつひとつ丁寧に缶に戻し、蓋を手に取った。最後にもう一度缶の中を覗き込み、自分の執着や恋情も缶の中に一緒にしまってゆっくりと蓋をかぶせる。

「坊ちゃん、俺は——……」

今わの際の言葉が口から溢れそうになって、慌てて口を閉じた。

それを言うのは今ではない。そのときが来たら最後に一度だけ口にしよう。

そう心に決め、銀次は思い出の詰まった箱にしっかりと蓋をした。

吹っきれてしまえば話は早い。銀次は早々に上司に連絡を入れ、これからも秋成の護衛を継続させてもらえるよう嘆願した。

当の秋成が必要ないと言っているのに護衛を続ける理由があるのかと困惑しきりの上司に、銀次は岸島の件を引き合いに出してせめて年内いっぱいは護衛をつけるべきだと主張した。普段あまり物申さない銀次の強い口調に怯んだのか、上司は「一応、鷹成様に確認してみる」と言ってくれた。

この要望が通らないのであれば今の仕事は辞めるしかない。近くにアパートでも借りて、しばらくは蓄えを切り崩しながら秋成の護衛を続けよう。

（そうなったら坊ちゃんに気づかれないように細心の注意を払わないと。ストーカー扱いされて警察沙汰になって、接近禁止命令でも出たら終わりだ）

夕食の支度をしながら銀次はＧＰＳアプリを確認する。ちょうど秋成がマンションの敷地内に入ったところだ。配膳の手を止めて玄関に向かった。

ほどなく玄関のドアの向こうから人の気配がして、銀次は先んじて鍵を開けた。ドアを押し開ければ、鍵を手にした秋成が驚き顔でこちらを見ていた。

「お帰りなさい、坊ちゃん」

口元に淡い笑みを浮かべて自分を出迎えた銀次を見て、秋成はますます目を見開く。

「……ただいま。珍しいな、玄関先まで出迎えてくれるなんて」

四六時中GPSアプリで秋成の動向をチェックしていたことがばれないよう、ここ数日はわざと秋成がドアを開けるまでリビングから出ないようにしていたのだがもうそんな小細工も必要ない。自分が秋成を誰より大切にしていることなんて、どうせ周囲にも秋成本人にも筒抜けなのだ。むしろこの期に及んでその事実を隠そうとしていた自分に苦笑が漏れる。

「こうして坊ちゃんを迎えられるのもあと少しですから、最後にと思いまして」

たちまち秋成の顔から表情が抜けた。靴を脱ぎながら「もう荷造りは済んだのか？」とぶっきらぼうに尋ねてくる。

「はい。明日の夜にはここを出る予定です。そういえば、誕生日はどうでした？　先輩と楽しく過ごせましたか？」

嫉妬や執着をいったん脇に置いて尋ねれば、無言で頷き返された。

「よかった」と返した声には、演技ではなくホッとした響きがこもった。秋成には不用意に傷ついたり悲しんだりしてほしくない。

秋成は探るような目でこちらを見た後、のろのろと靴を脱ぎ始める。

「ここのところずっとぐずぐずしていたのに、急に張り切りだしたな」

「そうですね。時間がかかってしまってすみません」

こちらの心の整理がつかなかったせいで秋成を待たせてしまった。不手際を詫び、一足先にリビングに入って配膳を再開する。

今日のメインは、以前秋成が調べてくれたレシピを思い出しながら作った生姜焼きだ。

いつものように秋成とダイニングテーブルに向かい合わせで座り、いただきます、と手を合わせる。

「そういえば、坊ちゃんと一緒に食べるようになってからですよ。こうして食事の前に手を合わせるようになったのは」

「……じゃあ、最近だな？」

「ええ。でもせっかくですから、一人暮らしに戻ってからも習慣にします」

そうすれば、こうして秋成と一緒に食事をとった記憶が何かの折に蘇りそうだ。

「自炊も続けるつもりです。坊ちゃんも、一人になってもきちんと飯作って、野菜も食べるようにしてくださいね」

「わかってる」

「夜更かしもほどほどに」

今日も秋成の目の下には薄く隈ができている。

秋成は銀次から目を逸らし、返事の代わりに味噌汁をすすった。

「サークルが楽しいのはわかりますが、勉強も疎かにしないでくださいよ」

「……今日は随分口数が多いな」

確かに、と銀次は苦笑する。吹っ切れたら口が軽くなった。口うるさく思われたとしても、気がかりなことは言い残しておきたい。

「こうして坊ちゃんと飯を食うのも、これが最後でしょうから」

食卓に響く声は、自分で想像していたよりもずっと穏やかなものだった。

秋成は何か言いかけたものの、ぎゅっと箸を握り直して無言で生姜焼きを口に運ぶ。味の感想は一切ないが、箸の動かし方を見ていれば秋成の口に合う味付けに仕上げられたことは一目瞭然だ。

「お代わりもありますから」

「そんなに食べられない」

「成長期でしょう」

もう子供じゃない、などと返ってくるかと思ったが秋成は何も言わず、生姜焼きに添えられたミニトマトを口に放り込んだ。

夕食を終え、手早く洗い物を終えた銀次は休む間もなく次の作業に取りかかった。

食器棚やキッチンの上にある棚を開けてあれこれ取り出していると、カウンター越しに秋成から「何してるんだ」と声をかけられた。

「食器の整理をしておこうかと思いまして。こういうカップ、どうします？」

　銀次がカウンターに置いた紺のコーヒーカップを見て、秋成は「どうって？」と首を傾げた。

「坊ちゃんと色違いで買ったカップ、持っていった方がいいですか？　先輩がこの部屋に来たとき、余計な勘繰りをされたら困るでしょう」

　これまでは秋成の恋人にまつわる話題は極力避けてきたが、恋人ともども秋成を守ると腹が据わったらごく自然にそんな話題にも触れられた。

　逆に秋成の方が顔を強張らせ、「お前の気にすることじゃない」と声を低くする。

「じゃあ置いていきます。坊ちゃんが買ったものですし。弁当箱も置いていっていいですか？　これも色違いですけど」

　頭上の棚に腕を伸ばし、秋成と買った弁当箱を調理台に置く。まだ一度しか使ったことのないそれは新品同様だ。

「これも、坊ちゃんが先輩と使えばいいですかね」

　秋成が他の誰かのためにせっせと弁当を作る姿を想像するとさすがに胸が詰まったが、表情にそれを出さぬよう意識して口元を緩める。

「箸や茶碗もこのままで構いませんね。あとは——」

　秋成と一緒に行った海の思い出から意識を引きはがすように弁当箱から顔を上げた銀次

は、カウンターの向こうに立つ秋成の顔を見て言葉を切った。

秋成は唇を引き結んで顎を引き、睨むような目でこちらを見ていた。明らかに機嫌を損ねている顔だ。何か余計なことでも言ってしまったか。思い当たらず視線を泳がせる銀次に向かって、秋成が低く呟いた。

「当てつけか」

「……はい？」

「お前のために買い揃えた食器で、新しい恋人を迎える私を笑いたいのか。移り気だとでも言いたいのか」

上目遣いにこちらを睨む秋成の目がゆらゆらと揺れている。涙をたたえたその目を見て、慌ててカウンターから身を乗り出した。

「そんなこと考えてません」

「どうだか。わかりやすく浮かれてるじゃないか。ここを出ていけてせいせいしてるんだろ」

銀次はカウンターの上で握りしめていた拳を緩める。見当違いな秋成の発言に、怒るよりも脱力した。どうしてそうなる。ここから出ていけと言ったのは秋成なのに。

こちらを睨んで動かない秋成を見返し、銀次は押し殺した溜息をついた。

「俺は坊ちゃんから出ていけなんて言われなければ、一生だってあんたの護衛を続けたかったですよ」

秋成がぐっと唇を噛みしめる。嘘だ、とこちらを責めるような目だ。

なぜこんな勘違いをされてしまったのかはわからないが、今日は最後の晩だ。秋成への恋情を打ち明けることはできないが、誰より大切に思っていることだけは伝えておきたい。胸の内を余さず言葉に乗せようとしたら、自然と声が丸く、優しくなった。

「明日から俺はここからいなくなりますが、何かあったらすぐに連絡をください。いつでも駆けつけます。困ったことがあったら俺を思い出してください。手を貸します。本当は、最後まで坊ちゃんのそばにいたかったんですよ、俺は」

銀次の声の温かさに不意を打たれたのか、秋成が小さく身じろぎした。瞬きを堪えるように大きく目を見開いたまま、カウンターから一歩下がる。

「……お前はどうして、そうやって私に尽くそうとするんだ。仕事だからか？」

「今までどうしてあんなに必死になって私を守ろうとしてきたんだ。最初にバイクから私を守ってくれたときだって、病院に入院までして」

問われたところで今更本心など伝えられない。黙り込めば、また秋成の眉が吊り上がる。

「坊ちゃんがまだ幼稚園に通っていた頃の話ですか？」

「そうだ、あのとき、どうして自分の体を盾にしてまで私を庇った？　あれは私を助けようとしたのか？　それとも……っ」

秋成の喉が震え、しゃくりあげるように声が途切れた。秋成の目の縁に溜まった涙が今にもこぼれ落ちそうで視線を逸らすことができない。

「銀次はずっと、私のことを見てくれてるんだと思ってた。私を大事にしてくれているんだって、そう思ってたのに、違ったのか……？」

秋成の睫毛が震えて、とうとう目の縁から涙が落ちる。それを見るや、銀次はキッチンを飛び出して秋成に駆け寄った。

「坊ちゃん、どうしたんです急に！」

幼い頃ならいざ知らず、秋成が泣くなんてただ事ではない。俯いて顔を隠そうとする秋成の肩を摑み、身を屈めてその顔を覗き込もうとするが顔を背けられてしまう。

「なんでもない。もうお前はここを出ていくんだろう。早く行け」

すげない口調とは裏腹に、声が涙で潤んでいる。こんな状況で秋成を放っておくことなどできるはずもなく、銀次はしっかりと秋成の肩を摑み直した。

「本当にどうしたんです。坊ちゃんがこの状態じゃ、明日になっても出ていけませんよ」

「心にもないことを言うな。私のことなんてどうでもいいんだろう」

「どうでもいいわけないでしょう。何より大事です」

銀次は秋成の肩を掌でくるんでそっと撫でると、少しだけ言葉に本音を滲ませた。

「こういうことを言うとまた坊ちゃんに自分を大事にしろって叱られそうですが……本当

に、あんたより大事なものなんて俺にはないんですよ」

視線を斜めに落としていた秋成の目が、ゆっくりとこちらを向く。相変わらず目にいっぱいの涙を溜めて、黒目がゆらゆらと揺れている。

こうして秋成の視線が自分を捉えてくれるだけで、目も唇も緩んでしまう。

この人のことが大切だ。守りたい。長年それだけ願ってきた。

愛おしい。この気持ちは半日前にようやく自覚した。

目を合わせているだけで、胸の内に満ち満ちた感情が溢れてしまいそうだ。

もっと早く伝えておけばよかった。悔やむ気持ちも確かにあるが、過ぎたことを言っても始まらない。これからは秋成の目につかない場所で、ひっそり秋成を守っていこう。

秋成の肩を包む指先に柔らかく力がこもる。言葉だけでなく、視線や指先からこの気持ちが伝わればいい。そんな詮無いことを考えていたら、秋成の表情にさざ波が立った。

銀次の本心を探るようにこちらを見上げていたその顔に浮かんだのは、明らかな怒りだ。

「放せ！」

一声叫んで、秋成が銀次の手を振り払う。目の縁から涙が散ったが、それを拭うことなく秋成は銀次から距離を取り、喉を震わせて叫んだ。

「もう嫌だ、お前はいつもそうやって……！」

体の脇で両手を握りしめる秋成の肩が震えている。思わず手を伸ばそうとしたら、鋭い声で撥ねつけられた。

「私の想いに応えてくれるつもりもないくせに、優しいことばかり言うのはやめろ！」

ぶつけられたのは声だけなのに、伸ばした指先を鋭い刃物で切りつけられたような衝撃が走ってとっさに手を引いていた。

銀次は目を丸くして秋成を見詰め返す。

それは、でも、だって。ジグソーパズルのピースをばらまくように、頭の中に言葉の欠片が散らばる。

(俺が今更何を言ったところで、あんたはもう俺のことなんてなんとも思ってないんだから、どうでも——……)

秋成は肩で息をして、涙目でこちらを睨んでいる。

それを見て唐突に理解した。どうでもよくないのか。

(まだ俺は、どうでもいい存在じゃないのか)

わかった瞬間、胸の奥にある蝶番が勢いよく弾け飛んだ気がした。

重たい扉を開け放ったかのように、胸の底から驚愕と歓喜が湧き出してくる。まだ間に合うかもしれないという期待が渦を巻いて喉に迫った。

振り払われた手をもう一度伸ばすが、秋成はさらに下がってその手から逃れようとする。追いかけて足を踏み出した次の瞬間、秋成が吠えるように叫んだ。

「どうしてそこまでして構う必要がある？　もう私は国を統べる王子でもなければ領民を守る領主でもないんだぞ！」

秋成に伸ばしかけていた手が止まった。耳を打った言葉を理解するのに数秒を要し、その間に秋成は銀次の傍らをすり抜けて廊下に飛び出してしまう。

我に返って振り返ったときはもう、秋成が玄関のドアを押し開けたところだった。

一拍遅れて銀次も駆け出す。焦って裸足で外に飛び出しそうになり、辛うじて残った理性で三和土（たたき）に出しっぱなしにしていた革靴に足を突っ込んだ。

戸締まりなんて頭からすっ飛んでそのまま部屋の外に出た。視線を走らせれば外廊下の奥、一基しかないエレベーターがちょうど動き出したところだ。中に秋成が乗っている。

銀次はすぐさま階段に向かう。五階から一階まで、おそらくエレベーターの方が到着は早い。それでも少しでも秋成との距離を縮めたくて、足を踏み外すのも厭わず一気に階段を駆け下りた。

走りながら、秋成の言葉を反芻した。

国を統べる王子に、領民を守る領主。どちらもかつてのあの人が負っていた立場だ。

（まさか坊ちゃんにも前世の記憶があるのか……⁉）

これまで一度としてそんな素振りを見せたことはなかったのに。一体いつから。

勢いがつきすぎて階段の壁に激突しながら必死で一階を目指す。やっとの思いで一階に辿り着くと、ロビーから外に出ていく秋成の背中が見えた。

「坊ちゃん！」

無人のロビーに自分の大声が反響したが、秋成は少しも走る速度を緩めず外に飛び出してしまった。息も整わぬまま銀次も後を追いかける。

転がるようにマンションを出て夜道を見回す。夜も更けた住宅街は静まり返って通行人の姿もない。マンション前の大通りに秋成の姿はなく、どこか細い道に入り込んだかと歯噛みしたそのとき、夜道に押し殺した声が響いた。

自分自身の荒い呼吸音が邪魔で音の出所がわからない。息を止めて耳をそばだてれば、右手に伸びる道の向こう、人けのない十字路から言い争うような声がした。

銀次は渾身の力でアスファルトを蹴って十字路へ駆けつける。左右に視線を走らせると、車がようやく二台すれ違える細い道の端に黒い乗用車が一台停まっていた。エンジンはつけたまま、運転席のドアが開いている。そのドアの後ろで二人組が揉み合っていた。

運転席から伸びる手に腕を摑まれ、車に引きずり込まれそうになっていたのは秋成だ。声を上げる余裕もなく車のドアに飛びついた。秋成を車内に引き込もうとしていた何者かの手を、力任せに摑んでねじり上げる。

「あっ！　い、痛い！　やめろ！」

聞き覚えのある声にハッとする。車内を見遣って目を見開いた。そこにいたのは岸島だ。

銀次は肩で息をしながら秋成を振り返り、何があったのか目顔で問う。

秋成も当惑顔で、息を弾ませながら口を開いた。

「こっちに走ってきたら、急に車の中からおじさんに声をかけられて、乗れって言われてたところだ」

「行き先は」

秋成は無言で首を横に振る。秋成自身、こんな所で岸島が自分を待ち構えているなんて予想もしていなかった様子だ。

「い……痛い、放せ！」

まだ銀次に腕をねじり上げられたままだった岸島が悲鳴じみた声を上げる。

銀次は腕を離すと、冷ややかな視線を岸島に向けた。

「坊ちゃんをどこに連れ出すつもりだったんです」

「お、お前には関係ないだろう……！」

「あります。俺は——」

この人の護衛です、と続けようとして言葉を止めた。そう名乗れるのも今夜までだ。

「……今回の件、坊ちゃんのご実家には報告させてもらいますよ」

そう告げると、見る間に岸島の顔が青ざめた。岸島が秋成のマンションに押しかけてくるのはこれで二度目だ。しかも今回は何が目的か知らないが強硬な手段に及ぼうとしていたのだから、秋成の実家から直々に沙汰が下るのは間違いない。

銀次は岸島に背を向けると、背後で成り行きを見守っていた秋成と向き合う。目が合うと居心地悪そうに視線を逸らされたが、先ほどのように逃げ出される気配はない。

秋成の腕をそっと摑み、マンションに向かって歩きだす。その場に岸島がいるからか、秋成も大人しく後をついてきた。

「坊ちゃん。さっきの話の続きをしましょう」

本当に前世を覚えているのかこの場で問い質（ただ）してしまいたいが、また逃げ出されてはたまらない。まずは部屋に戻らなければ。

秋成の腕を摑み直したそのとき、背後で車のエンジンをふかす轟音（ごうおん）が上がった。振り返ると背後からハイビームのライトが飛んできた。岸島の車だ。あまりの眩しさに目を眇めていたら、光が見る間に近づいてくる。

エンジン音まで迫ってきて目を見開いた。まさか車で撥ねる気か。

銀次は秋成の腕を摑んだまま走り出す。道幅は狭く、横道に飛び込もうにも一本道だ。背後の車は見る間に速度を上げ、マンションまで逃げられるとも思えない。

銀次は素早く視線を走らせると、秋成の腕を強く引いて電信柱の裏に押し込んだ。目を見開いた秋成の顔を視界の端で捉え、すぐさま身を翻して車に体を向ける。

「銀次⁉」

悲鳴のような秋成の声を聞きながら、ブレーキなしで突っ込んでくる車のボンネットに自ら飛び込んだ。車のバンパーで撥ねられるよりはボンネットに飛び乗った方がいくらか威力を殺せるはずだ。それに図体(ずうたい)の大きな自分がボンネットに乗り上がれば運転席からの視界をふさげる。秋成に狙いを定めることを阻止できるかもしれない。

ボンネットに転がり込むとすぐに上下左右の感覚がわからなくなった。体が大きく揺れる。まるで海に投げ込まれたかのようだ。重力の向きもわからない。

甲高いブレーキの音がして体が跳ねる。反動で車体から振り落とされ、硬い地面に叩きつけられた。

衝撃が全身を襲い、車のエンジン音がかき消える。唐突な静寂が辺りを包む。

「——銀次！」

静けさに意識が溶ける直前、秋成の声が耳を打って我に返った。

一瞬意識が遠のいていたらしい。なんとか目を開けるが、体が動かない。辛うじて地面に倒れ込んでいることだけはわかる。

「銀次！　銀次、大丈夫か！」

傍らに秋成がしゃがみ込む気配がした。体を動かそうとすると全身がひどく痛んだが、それを無視してごろりと仰向(あおむ)けになる。胸に鈍い痛みが走ってむせそうになった。強く胸を打ちつけでもしたのか、呼吸のたびに胸が痛む。

見上げた夜空がぐるぐると回っている。秋成が身を乗り出してきて、その顔を見たらようやく視線が定まった。

「……く、るま、は……?」

「もう逃げた！　お前はまた、無茶をして……っ！」

そうですね、すみません。そんな言葉が頭を巡るが声にならない。全身に泥でも詰められたようで体が動かなかった。

まだ秋成の護衛についたばかりの頃、突っ込んできたバイクから秋成を守ろうとしたとき以来だ。あのときもこんなふうに道路に大の地になって動けなかった。

（……今度こそ、今生の役目を全うできたか?）

これまで幾度となく秋成を守って危ない目に遭ってきたが、なんだかんだと生き延びてきた。その強運も今日でおしまいか。

銀次は痛む胸を無理やり動かして息を吸うと、慎重に息を吐きながら呟いた。

「……今生でも、坊ちゃんを守れて幸せでした」

視界が霞む。自分の声が遠い。

いよいよ今わの際の言葉を口にするときがきたか。

坊ちゃん、と呟いたその声が、秋成の怒声でかき消された。

「いい加減にしろ！」

ぐっと喉元が絞まって目を見開いた。見れば地面に膝をついた秋成が身を乗り出し、銀次のワイシャツの襟首を摑んでいる。

血走った目で銀次を見下ろし、秋成は額に青筋を浮かべて怒鳴った。

「そうやってお前に守られて、残された私がどんな想いをしたと思ってる！　お前の命を奪ってまで助かりたくなかった！」

喉を裂くような絶叫に、銀次は軽く目を見開く。

やはり秋成は覚えている。

覚えていて、こんなにも怒っているのか。

（俺はずっと、余計なことを……？）

視界がゆるゆると暗くなる。目を開けているつもりなのに暗くて秋成の顔もよく見えない。せめて一言謝りたかったがそれも叶わず、銀次の意識は闇に溶けた。

＊＊＊

これまでいくつもの人生を生きてきたが、あの人と出会ってから死ぬまでの期間はさほど長くない。今生だけはやたらと長いが、それ以前は長くても数か月、短いときは数週間だ。

あの人とはいろいろな国で出会ってきたが、今生以外も日本人として出会ったことがある。それも比較的現代に近い戦時下だ。

出会いは戦場の最前線だった。あの人は隊をまとめる将校で、自分は増員として戦地に送り込まれた一兵卒に過ぎなかった。一応は軍長という肩書を与えられていたが、砲弾が飛びかう戦場では階級などないに等しい。まるで消耗品のように毎日人が死んでいく。

戦況が悪いのは誰の目にも明らかだ。消耗を最小限に抑えるべく一時撤退して攻勢に転ずるか、あるいは全滅を覚悟して攻撃に徹するか。指揮官たちの議論は紛糾したが、ここは一時撤退の策が取られた。

真夜中、塹壕(ざんごう)で寝ずの番をしていたら奥からあの人が出てきた。

叩き上げで軍長となった自分と違い、陸軍士官学校を卒業したあの人は若きエリートで、自分よりもずっと年下だった。けれど上背のある体に軍服をまとい、背筋を伸ばして颯爽(さっそう)と歩く姿には年下とは思えない威厳があった。

腰から軍刀を提げ、夜だというのに目深に軍帽をかぶったあの人に爪先を向け、素早く敬礼する。

「軍長殿が寝ずの番か」

なぜ新兵に任せないのだと言外に問われて姿勢を正した。

「他の者は傷が深いため、軽傷の自分が見張りに立つことにいたしました」

それならなぜ先に報告しなかった、勝手なことをするな、と問答無用で鉄拳を振るう上官も多かったがあの人はそうせず、「そうか」と呟いて自分の隣に並んだ。

塹壕の奥から兵士たちの呻き声が聞こえてくる。夜も更けた今は辺りも静まり返っているが、日の出とともにまた砲撃の音と怒号が飛び交うのだろう。

「お前もなかなか運が悪い。前線に送り出されて早々、私の隊に配属されるとは」

あの人の独白めいた呟きが闇に溶ける。

眼前に広がる闇をまっすぐに見据えるその横顔は硬く引き締まって感情が見えにくいが、声にわずかな慰撫が滲んでいた。

下士官である自分には参謀会議に参加することはおろか、その内容を詳細に知る術すらもないが、それでも今回の撤退を強く推したのが隣に立つこの人であることだけはうっすらと漏れ聞こえてきていた。

闇雲な突撃は玉砕を意味する。戦力を削がれれば後の攻勢にも支障をきたす。ゆえに撤退を支持する。

至極まっとうな意見だが、上官の中にはそれを弱腰の戦略とみなす者もいたようだ。

それでもあの人は引かず、結果として一時撤退の案は採用されたものの、そのしんがりをあの人率いる中隊が引き受けることになった。

大隊はすでに撤退し、この場に残った将校は中尉であるあの人だけだ。作戦上はここでぎりぎりまで敵の足止めをして大隊に合流、ということになっているが、もはや身動きもとれないほど隊は疲弊しきっている。敵に背を向けたら最後、総攻撃を受けて全滅するのは目に見えていた。

自分の発言がこの状況を招いたという自覚があるのだろう。これまで一切の弱音を吐かなかったあの人が夜陰に溶かすように呟いた言葉には、自責の念がこもっていた。

視線を前に戻し、あの人と同じく闇を見詰めて口を開く。

「自分は、この隊に配属されたことを誇りに思います」

それは紛う方なき本心だった。弱腰と言われようとなんだろうと、仲間の命を守ろうとしてくれたこの人と最後まで戦えるのは誇らしい。

背後からは未だに兵士の呻き声が聞こえてくる。それにしっかりと耳を傾けてから、あの人は「そうか」と呟いた。次いで、腰に提げていた軍刀の柄に手を添える。

柄頭に取りつけられた平織りの刀緒を指先で辿り、その先につけられた根付だろう丸い石を手の中に握り込むのが目の端に映る。固く握りしめられたその手から、あの人の不安や緊張が伝わってくるようだった。

階級こそ自分より上だが、この人はまだ若い。

自分の選択は正しかったのか。明日からの戦略をどう練るのか。敵を殺すのか味方を生かすのか、自分の指示が中隊の運命を左右するのだ。その重圧はいかばかりだろう。

「中尉殿、自分に一小隊を預けていただけませんでしょうか」

無礼を承知で出し抜けに申し出れば、俯いて根付を握りしめていたあの人がこちらを向いた。

「なんのために」

「我々が敵を攪乱しますので、その間に隊を撤退させてください」

いわばしんがりのしんがりだ。

空気越しに息を呑む気配が伝わってきたが、動揺の気配は一瞬で闇に溶け、すぐに硬い声が飛んできた。

「お前が指揮を執るとでもいうのか。一小隊に何ができる。そもそも誰がついてくる」

「すでに信頼できる者を集めて話をつけております」

「私になんの報告もなく、勝手にか」

あの人の声に怒気が滲む。上官にしては大らかで部下を気遣う人だったが、さすがに勝手が過ぎたらしい。

「朝一で奇襲をかけます。多少の混乱が生じるでしょうから、その隙に」

「お粗末な陽動に私の部下を使うつもりはない」

「では他に何か案が？」

体ごとあの人に向けて尋ねる。不敬も不敬だ。拳で殴られるのも覚悟していたが、あの人は何も言わなかった。根付ごと刀緒を握りしめて目を伏せる。

「……この隊のために死ぬ気か」

「いいえ」

思うより早く否定していた。隊のため、ひいてはお国のためなんてそんな崇高な想いで動いているわけではない。

「この命は中尉殿のために使うと決めております。どうか最後まで、この中隊を率いてください」

軍帽のつばの陰であの人が目を見開いて、互いの視線が交差する。

「どうして私に、そこまで――……」

困惑顔でこちらを見詰めていたあの人の顔から、突然ふっと表情が抜けた。視線は目の前に立つ自分をすり抜け、それよりもどこか遠く、地の果てを見るようなものにすり替わる。

一瞬の放心の後、我に返った顔になったあの人がこちらを見た。信じられないような表情でこちらの目を覗き込んでくる。と思ったら、精悍な顔がくしゃりと歪んだ。どんなに厳しい戦況でも顔色を変えようとしなかったあの人の、子供じみた表情に息を呑む。

どうしましたと問う間もなく、あの人は両手で顔を覆って嘆息した。

「……今なのか」

「今？　何がです？」

尋ねてみたが答えはない。顔を覆ったまま動かないあの人をただ見守ることしかできないでいると、ようやくあの人が顔を上げた。

一体どんな顔を晒されるのかと緊張したが、こちらを見るその顔には弱々しい表情など欠片も残っていなかった。むしろ覚悟を決めたかのような、厳しい顔つきだ。

「明日、小隊をお前に預ける。人選は任せた」

「はっ」と反射的に返事をしていた。

あの人はそんな自分を見詰め、自身も姿勢を正すと深々と頭を下げた。

中尉ともあろう者が下士官に頭を上げるなんてあり得ない。動転して「やめてください！」と声を荒らげたがあの人は頭を上げず、揺るぎのない声で言った。

「私はまだ死ねない。この隊を率いて大隊に合流する責任がある。すまない。お前の献身に甘えさせてくれ」

「本望です。どうか顔を上げてください」

それでもあの人は顔を上げようとせず、悔恨を滲ませた低い声で言った。

「何度もすまない」

相手は出会って間もない上官だ。何度も、などという言葉が出てくる理由がよくわからなかったが、問い質せる状況ではなかった。もう時間がない。夜明けは近い。

数時間後、自分は小隊を率いてあの人の中隊を離れた。

あの人はわざわざ一人で自分たちを見送りにきてくれた。地平から顔を出したばかりの朝日を背負い、背筋を伸ばして敬礼を続けるあの人の顔は逆光になってよく見えなかった。

あまりにも眩しい光景に目の奥が痛くなった。ともに死地に向かう小隊の連中も泣いていたように思う。自らの命を惜しんだわけではなく、最後にああして見送ってくれる上官の下につけたことがありがたかった。もっと粗雑に扱われ、紙きれのように死んでいく同胞を山ほど見てきた後なのだからなおさらだ。

その先の記憶が曖昧なのは、あの人と離れて行動していたせいだろう。

前世の記憶はすべてあの人に紐づいている。だからあの人に出会う前の自分がどこでどう過ごしていたかはまるでわからないし、あの人に出会った後も、別々に行動している時間のことはほとんど思い出せない。

それでも死に際の情景だけは覚えている。日が落ちる直前、最後の砲弾が空に響いたその瞬間に、敵の銃弾を胸に受けた。

今日の戦闘はもう終わるだろうと一瞬気が緩んだ隙を突かれた。急所は外れていたものの致命傷には間違いなく、地面に倒れ伏してただただ自分の体から血が抜けていくのを見ていた。それでも後悔は一片もなかった。

自分の命はあの人のためにある。

それはもう、生まれる前から決まっていたことだ。

それとも前世の記憶などなくても、自分はこうしていただろうか。

前線に送り込まれてから一月足らず。あの人とはごく短い時間しか過ごしていないが、それでも他の上官と違うことはすぐにわかった。

この人は部下の命を軽く扱わない。この人ならば一人でも多くの仲間を生かしてくれるかもしれない。自分の選択に悩み、苦しみ、それでも前に進もうとするこの人なら。

どうか最後までこの人に隊を導いてほしい。一日でも長く生きてほしい。そのためなら、この命の一つや二つ投げ出したって構わない。

それは前世とは関係なく、今の自分が強く望んだことだ。

薄れていく意識の中、最後に夢を見た。夜陰に乗じてあの人が戦場に戻ってくる夢だ。すっかり血を失い意識が朦朧（もうろう）としている自分のそばに膝をつき、「我が中隊は大隊と合流した！」と耳元で声を大にして報告してくる。お前のおかげだ、とも。

血だまりの中に膝をついているせいで、あの人の軍服が血で汚れている。

いつもそうだ。自分はあの人を汚してしまう。

罪悪感が胸を過ったが、どうせこれも夢だ。こんなことのためにあの人が戻ってくるはずもない。

夢や幻でも構わない。目の前にあの人がいる。最後の一息は呼吸のためではなく、あの人に想いを伝えるために使った。

「中尉殿――」

最期の言葉はいつも同じだ。でも伝えたい。

切れ切れに囁いて目を凝らしてみたが、あの人の顔は闇に紛れ、その表情を窺い知ることはできなかった。

＊＊＊

「あ、お目覚めですか？」

瞼の裏がぼんやり明るくて顔を顰めたら、すぐそばで聞き覚えのない声がした。女性のそれに戸惑って、重たい瞼を無理やり上げる。

目に飛び込んできたのは壁も天井も白い小さな部屋だ。室内にはベッドが一つあるだけで、そこに銀次一人がぽつんと寝かされている。

起き上がろうとすると胸が鈍く痛んだ。低く呻くと横から手が伸びてくる。背中を支えてくれたのは看護服を着た女性で、ようやくここは病院の個室かと理解した。

「あの、俺は……」

「昨日の夜、車と接触事故を起こしてこちらに運び込まれたんですよ。軽い脳震盪を起こしていたみたいですね。それから上半身の打撲。胸が少しひどいかな。でも骨には異常ないみたいですね」

看護師の話を聞いているうちに昨晩の記憶が蘇ってきた。

岸島の車に撥ねられて、そのまま意識を失ったのか。今生もここで終わりかと覚悟を決めたが、またしても生き延びたようだ。

(……坊ちゃんは?)

ハッと息を呑んで辺りを見回すが、病室には自分と看護師の姿しかない。

「あの、俺は昨日どうやってここに? 誰か一緒じゃありませんでしたか?」

「いましたよ。一緒に救急車に乗ってきた男性の方が。学生さんでしたか? 手続きに困ってご家族か誰か呼んでいたみたいですけど」

ならば秋成は無事なのか。ほっと息をつく。

看護師は何を思い出したのか、小さく笑って続けた。

「自分もここに泊まり込むって大変な騒ぎだったみたいですけど、後からぞろぞろ病院に駆けつけた方々に説得されて渋々帰られました。随分心配してたから、朝一番でお見舞いに来ると思いますよ」

一晩入院した銀次に目立った外傷はなく、脳のCTスキャンにも異常はないらしい。単に起きないので寝かされていたという状態のようだ。迎えが来たら手続きをして帰っていいと看護師に告げられ、銀次は礼を返した。

胸を打った痛みが若干残るものの、他は特に怪我もしていないらしい。普段の生活に支障はなさそうだ。部屋の隅に昨日着ていたスーツ一式が置かれていたので、早々に病院服を脱いで着替える。

服の近くに携帯電話はないかと探してみたが見つからない。考えてみれば秋成を追って外に出たときは慌てすぎて鍵すら手にしていなかった。病院の公衆電話から秋成の携帯電話に連絡をしてみようかと思ったが、財布もないので電話が使えない。

そうこうしているうちに朝食が運ばれてきた。他にすることもないので薄味の朝食を食べて大人しくしていると、十一時ぴったりに秋成が病室に現れた。

「銀次！」

病院だというのに声を抑えることもなく銀次の名を叫んでドアを開けた秋成は、スーツ姿でベッドに腰かける銀次を見てその場に棒立ちになった。

銀次はすぐに立ち上がろうとしたが、それより先に秋成がベッドに駆け寄ってきて、スライディングする勢いで銀次の腰に抱きついてきた。

「うわ……っ、ぼ、坊ちゃん……⁉」

床に膝をつき、力の限り銀次の腰にしがみついてくる秋成に身をのけ反らせる。わずかに胸が痛んだがそれどころではない。どうしました、大丈夫ですかと声をかけるが秋成は銀次の膝に押しつけた顔を上げず、その体勢のままくぐもった声で言った。

「昨日、夜のうちにお前の会社の人間に連絡を入れておいた。入院手続きはすべて済んでる。車に撥ねられたから警察も来た。事情聴取は可能な限り私が答えておいたが、後でお前からも話を聞きたいそうだ」

「あ、ありがとうございます。お手数おかけしました」

「おじさんも今頃警察で事情聴取を受けているはずだ」

秋成は一向に立ち上がろうとせず、自分から離れる気配もない。こうして膝にしがみつかれていると秋成が子供の頃のことを思い出してしまい、銀次はつい昔のように秋成の頭を撫でてしまう。

「坊ちゃん、服が汚れますよ」

「……いい。それより、岸島のおじさんの件だ」

手を止めると、もっと撫でろとばかり腹に頭を押しつけられた。いつになく子供じみた仕草に苦笑して、秋成の髪を撫でて先を促す。

「前におじさんがうちに来たとき、銀次から上司に報告してただろう。それが父さんの耳にも入って、そこからおじさんが勤める会社にまで連絡がいったらしい。おかげでおじさんは会社から厳重注意と降格処分を受けたそうだ」

「その腹いせに坊ちゃんを襲ったってことですか？」

運転席から引きずり出して死なない程度に殴ってやればよかったか、などと物騒なことを考えていたら、銀次の腿に顔を伏せたまま秋成が首を横に振った。

「おじさんはこれ以上の昇格が見込めない会社に見切りをつけて、昔の同業者のところに行こうとしたらしい」

「それでなんで坊ちゃんを無理やり連れていこうとするんです？　まさか、一緒に新しい組を立ち上げようなんて誘われたんですか？」

「そんな面倒なことをするより、御堂組を恨んでいる組織に私を差し出せば手っ取り早く幹部として受け入れてもらえるんじゃないかと画策したみたいだな」

秋成は首を回すと、銀次の腿に横顔を押しつけて薄く笑った。

「御堂家に向けられる私怨は深いからな。私の身柄と引き換えに父を脅すことだってできるかもしれないし、それが無理でも御堂吉成の孫である私を痛めつけて憂さ晴らしをすることくらいできるだろう」

秋成の言葉が進むにつれ、銀次の顔が険しくなる。

もし自分があの場に駆けつけていなかったらと思うと頭の芯が冷たくなった。岸島に対する怒りと、秋成を害されていたかもしれない恐怖がないまぜになって、見る間に体が冷えていく。

蒼白になる銀次を見上げ、秋成がようやく身を起こした。

「未遂に終わったことだ。おじさんはもう警察に身柄を拘束されているし、会社も解雇される。二度と私に近寄らないよう、今後は監視もつくはずだ」

御堂家ならそれくらいの措置は容易にとれるだろう。わかっていてもすぐには冷静になれない。きつく拳を握りしめれば、そこにそっと秋成の手が重ねられた。

「それより、突っ込んでくる車のボンネットに飛び込むなんて無茶、もう二度としないでくれ。お前は何度私のために死んだら気が済むんだ？」

前置きもなく投げかけられた質問に、岸島のことなど一瞬で頭から吹き飛んだ。

息を詰めて秋成の瞳を見詰め返す。秋成も目を逸らさない。

「……覚えているんですね？」

秋成は銀次の瞳を覗き込み、覚悟を決めたように頷く。

「覚えてる。前の人生で、お前は私の部下だった。そうだろう、軍長」

軍帽のつばに隠されていた鋭い瞳を思い出し、ああ、と銀次は声を上げる。

夢の中で見たさまざまな時代のあの人の顔が秋成の顔に重なって、懐かしさに胸が詰まりそうになった。

「きちんと話をしよう。私ももう、お前に隠し事をするのはやめる」

まっすぐな目はいつの時代も変わらない。銀次は喉元に迫ってきたものを無理やり呑み込み、はい、と掠れた声で返事をした。

朝食を終えたばかりの病室は静かで、巡回に来る者もいない。

真っ白な部屋の中、二人で寄り添うようにベッドの端に腰を下ろし、お互いの前世や夢について情報を交換し合った。

思った通り、秋成もまた前世の記憶を持っていた。銀次と同じく夢で前世を知ったそうだが、夢を見始めたのはごく最近で、銀次と弁当を持って海に行った後からだという。

モノクロの夢しか見ない銀次と違って秋成の夢にはしっかり色がついているが、代わりに音が聞こえないそうだ。

「そういえば、前にそんな妙な夢を見たって言ってましたね。完全に音が聞こえないというより、テレビの音量をぎりぎりまで絞ったような感じでしたか」

秋成は銀次にぴたりと身を寄せ、うん、と頷く。

「最初はただの夢だと思ってたんだ。私はやけに派手な着物を着て、髪も腰まで長くて、もしかして女性の姿になっているのかと思ったが、池の面に映った顔は男のそれだった」

あの人が天子様と呼ばれていたときの夢だ。

「あの夢の中で、たぶん銀次にも会った。顔立ちは今とまるで違うのにすぐわかった。私を見るときのまっすぐな目だとか、大きい体をゆっくり動かすところだとか、喋るときあまり表情を動かさないところがそっくりなんだ。私の言葉を一言も聞き逃さないように耳をそばだててくれるところも、今のお前そのものだった」

銀次は無言で首筋を掻く。自分の態度を他人の口から改めて言葉にされると居心地が悪い。天子と賤民という身分差があった頃ならまだしも、現代においても秋成に対する自分の態度はあまり変わっていないらしい。

「その男は庭の隅で血を吐いて死んだ。たぶん、私のために死んだんだろう。周りに料理の皿があったし、毒見でもしてたんじゃないか？」

「そうです。俺は毒見係でした」

「やっぱり……」

俯いて、暗い声で秋成は呟く。

初めて前世の夢を見たときは、目覚めても夢の余韻が全身に残っていて起き上がることもできなかったそうだ。そのときはまだその夢が前世の記憶だなんて思いもしなかったが、夢の中で銀次とよく似た男が死んだことに動揺し、現実にもよくないことが起こるのではないかと不安になったらしい。

「だからあの朝、キッチンでお前が朝食を作っている姿を見たときはホッとした」

ただの夢かと安堵したが、目覚めても自分の目の前で死んでいった男のことが頭から離れない。時間が経つほど、夢で見た男と銀次の顔が重なってくる。

その日を皮切りに、秋成は次々と前世の夢を見るようになった。

内容は日ごとに違うのに、夢の中の音が聞こえないことと、自分が誰かを従える立場にあることだけは変わらない。そしてその傍らにはいつだって、控えめだがひたむきに自分を見詰める背の高い男の姿があった。

寡黙に自分につき従い、何かにつけて世話を焼いてくるその男は、揃いも揃って銀次に似ていた。

そんな男が、毎回毎回自分を守って死んでいくのだ。

「そのうち夢が現実になりそうで、しばらくまともに眠れなかった」

呟いた秋成の目の下には今日も薄く隈が浮いている。五月の連休前後から秋成の眠る時間がやけに遅くなったことを思い出し、銀次はきつく歯噛みした。

秋成が明らかに寝不足の顔をしていることには気づいていたのに、海外ドラマを見ているから、なんて言い訳を鵜呑みにしてしまった自分を殴りたい。

「あんまり何度も同じ夢を見るから、これはただの夢じゃないんじゃないかと思って、夢の中に出てくるものを覚えておくようにした。建築物とか、服装とかな。生活様式なんかで時代に見当をつけて大学の図書館で調べてみたら、夢で見た王宮や屋敷が実在してた」

銀次は感嘆の息をつく。直感で夢を前世の記憶と断じた自分とは違い、こういう確証の得かたもあるのかと感心した。

「銀次もあれは前世の記憶だと思うか?」

「思います。俺は子供の頃から繰り返し夢を見てましたから、坊ちゃんに会った瞬間確信しました。あれは夢じゃなく過去にあったことだったんだって」

即答したが、秋成の反応は鈍かった。長い沈黙の後、重たげに口を開く。

「やっぱり、銀次は私と会う前からあの夢を見ていたんだな。でなければ、あんなに熱心に私を守ろうとするわけがないものな……」

「いえ、それは……」

「大丈夫だ、わかってる。十も年の離れた子供相手にやたらと恭しく接してきた謎も解けた。お前が私の後ろに誰か別の人間を見ていることも、薄々感づいてはいたんだ」

秋成は体の後ろに手をつくと、天井を見上げて小さく笑った。

「お前が命がけで守ろうとしていたのは、前世で出会ってきた私だろう？　『坊ちゃんならできます』なんていつも私を励ましてくれたのだって、私を信じたわけじゃなく、前世の私の姿を知っていたからじゃないか？」

「違います！」

思わず身を乗り出せば、成人二人分の体重を受け止めたベッドが鈍く軋んだ。

「確かに坊ちゃんに出会ったばかりの頃は、夢で見たあの人と坊ちゃんを重ねて、いずれ坊ちゃんもあの人みたいに成長するんだろうと楽しみにしてました」

こちらを見返す秋成の目に傷ついたような色が滲み、銀次はもどかしく首を横に振った。

「でも長く坊ちゃんのそばにいるうちに、そんなことを考えていたことすら忘れてたんです。昔のあんたと比較なんてしてません。あんな夢なんか見なくたって、坊ちゃんを守るためなら全力を尽くします！」

語気を強めたが、秋成の口元に浮かんだのは疲れたような笑みだけだ。

「私はそこまでして守らなければいけないほど上等な人間じゃないぞ……？」

「そんなことは……っ」

「それに銀次だってもうわかってるだろう。お前の死のトリガーは私だ。私に関わると確実に死ぬ。だからこれ以上、私のそばにはいない方がいい」

秋成の言葉を否定しようと開きかけた唇が固まる。目を伏せてこちらを見ようとしない秋成に、掠れた声で尋ねた。

「もしかして、だから急にマンションから出ていけなんて言ったんですか？」

秋成は銀次の問いかけに答えず、長いこと口をつぐんでからぽつりと呟いた。

「……いつも、お前が死ぬ直前に全部思い出すんだ」

「いつもって、まさか前世の記憶を思い出したのは今生だけじゃないんですか？」

わずかに顎を引くようにして頷いた秋成を見て、まさか、と危うく口から漏れかけた。

「そんな素振りはまったくなかったのに……？」

「ぎりぎりまで思い出せないからな。思い出したときには周囲を敵に包囲されていたり、お前が深手を負っていたりしてどうにもならない。何もかも放り投げてお前の手を取ってしまえば、一度くらいお前と逃げ延びることもできたかもしれないが……」

秋成は諦めを漂わせた表情で、「できるわけもないな」と呟く。

「私がすべてを捨てて逃げだせば、多くの民や部下が路頭に迷う。だからお前を犠牲にしてでも生き延びるしかなかった」

昨日もよく眠れていないのか、秋成の頬は青白い。表情の乏しい横顔に、戦場で部下の命を背負っていたあの人の顔が重なる。

「何度もすまなかった」

それも、夢の中で耳にした言葉だ。

塹壕で、闇の中に突然何かを見出したような顔をしたあの人は、もしかするとあの瞬間、前世の記憶を垣間見ていたのかもしれない。

「あの頃は誰かを犠牲にしてでも生きる必要があった。でも今は違う。私が死んでも御堂コーポレーションは倒れないし、誰かに甚大な迷惑をかけるわけでもない」

静かだが確信を込めた口調で言って、秋成がこちらを向いた。

「だから今回こそ、お前を自由にしてやれる」

まっすぐな視線を受け止め、銀次は顔を歪める。秋成のこの表情は厄介だ。周りから何を言われても耳を貸す気などない。もう自分の中で決めてしまっている顔だ。

覆せないことを知りながら、銀次は必死で食い下がる。

「俺は自分の意志で坊ちゃんを守ってるんです。過去に縛られてるわけじゃありません。勝手に遠ざけようとしないでください」

「どうしてそんなに私にこだわるんだ。もう私は領主でも将校でもない。ここは戦場でもないし、私から離れてもなんの問題もなく生活できるだろ」

「だからあんたに出会う前の生活に戻れって言うんですか。俺がどういう生き方してたか知ってるでしょう」

秋成が目を逸らそうとするので、引き留めるようにシーツに置かれていた手を掴んだ。秋成の肩がびくりと震え、視線が再びこちらに戻ってくる。

「わ、私と出会った頃とはもう状況が違うだろう。今のお前なら、まっとうに働いて一人で生きていくことだってできるし、親に怯える必要もない」

「ええ、未だに母親の行方は知れないし、クソ親父は何年か前に死にました。役所から連絡がきてそれっきり、葬儀も何もしてません。親族もいません。誰もいない。人生になんの目的もないあの頃に戻れって言うんですか」

「だったら私のために死ぬことがお前の人生の目的だとでも言う気か？　そんなことは望んでいないと何度言ったらわかるんだ！」

銀次の手を振り払い、秋成は声を震わせる。

「これは最初で最後のチャンスかもしれないんだぞ。今まではお前が死ぬ直前に全部の記憶がいっぺんに戻ったのに、今回は夢でゆっくり思い出すことができた。その上、全部思い出した今もこうしてお前は生きてる。こんなことは初めてだ。私はいつも、お前が私の前からいなくなってしまうと観念した瞬間前世のことを思い出すから」

まくし立てるように言った後、「海に行っておいてよかった」と秋成は呟く。

「お前が突っ込んでくるバイクから逃げようともしなかったのを見て、もしかすると銀次はわざと死のうとしてるんじゃないかと思った。私を守るなんて言葉は口実で、死ぬ機会を窺ってるのかもしれない。放っておいたら遠くない将来——もしかしたら明日にでも銀次は死ぬ。そう思ったことが、記憶の蘇る引き金になったのかもしれない」

死ぬ機会を窺っていたつもりはないが、常に秋成のために死ぬ覚悟をしていたのは事実だ。返す言葉に迷う銀次を尻目に秋成は続ける。

「ともかく、こんなイレギュラーな状況は初めてなんだ。いつも私を守って死んでいたお前がここで無事に天寿を全うすれば、お互い何度も生まれ変わるこの状況にも決着がつくかもしれない。だからもう、私に近づくな」

「でも、そうしたら坊ちゃんはどうなるんです？」

秋成だって毎度命の危機に晒されるではないか。今生だってそうならないとは言いきれない。すでに何度となく危ない目にも遭ってきた。

秋成は銀次を見返し、毅然（きぜん）とした口調で言った。

「お前が死ぬくらいなら、私が死んだ方がいい」

本心からそう言っているのが伝わってきて息を呑んだ。

秋成は本気で銀次を自分から遠ざけようとしている。そうなったらもう秋成の死を待つしかないのか。想像しただけで背中にべたりと冷たい手を押し当てられた気分になって、銀次はがむしゃらに手を伸ばして秋成の肩を摑んだ。

「駄目です、あんたを死なせたくない」

「私だってそうだ」

「あんたの方が俺よりずっと若いじゃないですか、それに……」

「関係ないだろう、そんなことは！」

それまで比較的落ち着いた口調で喋っていた秋成が、急に声を荒らげた。

個室とはいえ病院内だ。宥（なだ）めようとしたが、秋成は興奮した様子で銀次の胸倉を摑んで乱暴に引き寄せてくる。

「年も立場も関係ない！　本当はずっとお前を死なせたくなかったんだ！　お前こそもう絶対に私の前で死ぬな……！」

喋るうちに怒りに染まった秋成の表情が変化した。吊り上がった眉は下がり、唇が歪んで、声も弱々しくなる。

最後は銀次の胸に頭を押しつけ、秋成はその表情を隠して言った。

「言わせてくれ……。もう絶対に死ぬな。前は戦況が悪すぎて言えなかった。言っていい立場でもなかった。しんがりをお前に任せて前に進むとき、どれだけ後悔したと思ってるんだ……」

震える声で告げられ、銀次は軽い衝撃を受ける。今秋成が口にした言葉は、夢を見た秋成から出てきたものか。それとも前世のあの人が思っていたことか。

戦地ではほとんど感情の揺らぎを見せなかったあの人も、胸の内に苦しい想いを押し隠していたのだろうか。

今生でただの大学生になって、ようやく本音を吐き出せるようになったのか。

銀次は秋成の肩に置いていた手を移動させ、そっとその背中に添えた。

「辛い選択ばかりさせてしまい、申し訳ありませんでした」

掌の下で秋成の背中が強張った。呼吸に合わせて上下していた動きが止まる。ぴんと張り詰めた筋肉の緊張を解くべくゆっくりと背中をさすると、波打つようにその背が揺れた。

「……う、……っぐ」

声を殺して泣く秋成が苦しそうで、呼吸を促すつもりで優しく背中を叩いた。

そのうちずるずると秋成の体が傾いて、銀次の膝に上半身を預けてきた。泣き顔を見せたくないのか、銀次に背を向け膝枕の体勢になる。

銀次は何も言わず秋成の頭を撫でた。指触りのいい髪を繰り返し梳いていると、だんだん秋成の呼吸が整ってくる。

しばらくしてからそっと顔を覗き込んでみると、秋成は睫毛を涙で濡らしたまま寝息を立てていた。

秋成の頭を撫でていた手で、濡れて冷たくなった頰をそろりと拭う。目の下の隈にも指を滑らせ、一体どれほど眠れていなかったのだろうと眉を寄せた。ずっと近くにいたのに、秋成が前世の夢を見ていたことに気づけなかったなんて悔恨の至りだ。

(前世で自分がしてきたことを、この人は悔やんでいるんだろうか)

銀次に悔いはない。自ら望んでやったことだ。

だが秋成は？　我儘も言えない立場で、自分の意思とは関係なく誰かに守られ、立ち止まることすら許されなかった秋成はどうだろう。過去を悔いてはいないだろうか。先ほどの態度からは、銀次に対して罪悪感を覚えているようにも見えた。

自分がそばにいない方が、秋成は心安らかに過ごせるのかもしれない。

他人の命を犠牲にしてまで生き延びることを今生の秋成は望んでいない。その意思を尊重するなら、大人しく秋成の前から消えるべきだ。

秋成を守りたいと思うのも、そばにいたいと思うのも自分の我儘でしかないのだから。

わかっているのに、秋成の望む通りに動けない。

（……離れたくない）

秋成の頬に手を添えたまま、銀次は深く項垂れる。

秋成の護衛になってからもう十四年。誰に何を言われても秋成の命令を最優先にしてきたのに、今回ばかりはその言葉に従えない。

忠誠と我欲に身を裂かれ、銀次は苦しい息を吐いた。

秋成が銀次の膝でうたた寝をしていたのは、ほんの十分ほどのことだった。

短い時間とはいえ泣いて眠ってしまったのが照れくさいのか、秋成は決まりの悪そうな顔で退院手続きを済ませると言葉少なに病院の外に出た。

タクシー乗り場で車を待ちながら、銀次は秋成に「もう少しきちんと話をさせてください」と頭を下げた。

秋成はこれ以上銀次を手元に置いておく気がないようだが、まだ話し足りないことが山とある。秋成は少し迷うような表情を見せたものの、頷いて銀次と一緒にタクシーに乗り込んだ。

マンションに戻ったのは昼過ぎだ。先に昼食でも食べた方がいいかとキッチンに向かおうとすると秋成に止められた。

「何か作る気か？　食べたいものがあるなら私が買ってくる。お前は座ってろ」

「いえ、俺は別に。坊ちゃんのお昼が……」

「いらない。いいから座ってくれ。車に撥ねられたんだぞ」

どこも痛まないのかと心配そうにこちらの体を気遣ってくれる秋成に、銀次は微かな笑みをこぼす。

「打ち身と切り傷くらいしか負ってません。丈夫なだけが取り柄ですから」

「打ち身と切り傷も立派な怪我だ。早く座れ」

言うが早いか銀次の手を引きソファーまで連れてきた秋成は横並びにソファーに腰かけ、はたと我に返った顔でつないだ手をほどこうとする。

銀次は離れかけたその指を追いかけ、しっかりと手の中に握り込んだ。

秋成が驚いた顔で手を引こうとする。それを許さず、指先に力を込めて引き留めた。

もしかするとこれが最後かもしれない。そう思ったらもう離せなかった。

「俺たち、どうして前世の夢なんて見てるんでしょう」

秋成の気を逸らすように質問を投げかける。

自分だけが見ているなら単なる夢や妄想の可能性も否定しきれなかったが、秋成も同じ夢を見ているとなれば、やはりあれは前世の記憶で間違いないのだろう。

秋成は銀次に掴まれた手が気になるらしく、うろたえた様子で視線を泳がせている。

「お互い、同じ夢を見ているじゃないですか。でもなんとなく、夢の中心というか……発端のようなものは坊ちゃんの方にあるんじゃないかと思うんです」

「ど、どうしてそう思う？」

こちらの指をほどこうとときどき暴れる指先が微笑ましく、銀次はしっかりと秋成の手を握り直してから「単なる思いつきですが」と続けた。

「俺の夢はいつも、坊ちゃんに出会うところから始まるんです。どの時代もそれは同じで、坊ちゃんに会う前の自分がどこで何をしていたのかは一切わかりません。出会った後も、坊ちゃんがそばにいないときのことはほとんど夢に出てこないんです」

夢のシーンは飛び飛びで、思い出せるのはあの人と関連のある場面ばかりだ。戦時中と思しき夢も、あの人の率いる中隊を離れた後どんな戦闘に巻き込まれたのかは判然としない。それでいて、夢か現かあの人が戻ってきてくれた場面の情景は鮮明だ。

「だから夢の中心は坊ちゃんで、俺はそれに引きずられるみたいに夢の断片を見ているだけなんじゃないかと……」

単なる印象を語っているだけのつもりだったが、ふと目をやった秋成の顔から血の気が失せているのに気づいて言葉を切った。

手の中に包み込んだ秋成の指先が冷えていく。少し強くその手を握り「どうしました？」と声をかけると、頬まで青ざめさせた秋成が掠れた声を上げた。

「……病室では、言えなかったことがある」

「前世の夢に関係することですか？」

頷いて、秋成は視線を斜めに落とした。

「これを聞けば、お前も私から離れる決心がつくはずだ」

銀次は軽く目を見開いて、なんです、と身を乗り出す。

よほど言いにくいことなのか秋成は口を開いては閉じ、また開いては引き結んで、やっとのことで切り出した。

「こうして私たちが生まれ変わるのも、そのたびに出会うのも、お前が死んでしまうのも、きっと呪いだ。その呪いは……私にかかっているものなんだ」

「呪い？　どうして坊ちゃんにそんなものが」

「私が罪人だったからだ」

きっぱりとした声で言い切られ、銀次は目を瞬かせた。

夢の中で見たあの人は、どの時代でも高貴な立場にいた。罪人になる状況が思いつかなかったが、自分が死んだあと革命でも起きたのか。

「なんの罪です？」と尋ねると、苦しそうな声で答えがあった。

「……窃盗だ。宝石を盗んだ」

想像とはかけ離れた回答に絶句する。あの人が何かを盗まなければいけないくらい貧窮していた姿なんて俄（にわ）かに想像がつかない。

「それは、いつの時代の話です？　俺とは会っていない時代ですか？」

「いや、お前にも会ってる。お前と私が初めて出会った時代だ。たぶん、古代中華で、宴会のさなかにお前が庭の隅で血を吐いて死んだ後のことだ」

続きがあるのか、と場違いに銀次は感動する。銀次の夢は自分が死んだところで終わりを迎えるが、生き残った秋成の夢はその先も続くのか。

「まさか前世の自分が亡くなるまで、一生分の記憶があるんですか？」

「いや、私の夢もお前が死んだ辺りで終わることがほとんどだ。でもあの時代の夢だけは続きがあった。お前が死んだ次の日だと思う。何か、大きな祭りが開かれるんだ」

秋成によると、闇に篝火(かがりび)が灯(とも)る真夜中にその祭りは始まるらしい。

広い庭の真ん中で、白い衣を着た神官らしき男たちが円を作っている。その中心にあるのは一抱えもある大きな岩だ。

大の男が二人がかりでようやく持ち上げられる大きさの岩の裂け目に、篝火の光が反射してまばゆく光る。岩の内側で輝くのは巨大な宝石だ。神官たちはその石を囲んで祈りを捧(ささ)げている——ように見えたが、定かではない。

秋成の夢には音がない。どこかで響く太鼓の音がうっすらと鼓膜を震わせる程度で、すぐそばにいる人間が喋っている声すらよく聞き取れなかった。

「私は離れた場所に座ってそれを見ている。そのうち雨が降り出して、篝火が一つ、二つと消え始めるんだ。でも祭りは続くし、神官たちもその場から動かない」

いよいよ空に稲妻が走り始めた頃、神官の一人に手を引かれて立たされた。庇のある場所から一歩外に出ると、叩きつけるような雨が全身を襲う。

一歩一歩庭の中心に近づき、内側に宝石を抱いた岩の前で立ち止まる。

そのとき、頭上でひときわ大きな雷光が爆ぜた。

夜の闇が引きはがされ、昼の日差しに引きずり出されてしまったかのような眩しい光が辺りを包む。次の瞬間、体が後方に吹っ飛ばされた。

「たぶん石に雷が落ちたんだろう。気がついたら私は庭に倒れていて、近くには神官たちの姿もあった。全員肌が焼けただれて、生きているのかどうかもわからない状態だ。それに私も……体の中心を何かが貫通したみたいに腹も胸も痛くて、立ち上がることもできなかった」

夢の内容を思い出しているのか、秋成は空いた手でシャツの上から腹部を押さえる。

鮮明すぎる夢にはときとして痛覚が伴う。目覚めた後もしばらく肉体的な苦痛が残ることを知っている銀次は、つないでいた秋成の手をしっかりと握り直した。こちらが現実だと示すつもりで。

銀次の意図を察したのか、大丈夫だと言うように秋成は微かな笑みをこぼす。

「空では相変わらず雷が光っているし、いつ次の落雷があるかわからない。周りもひどく混乱していて、石の近くにいた私たちに近づいてくる者もいなかった」

地面に倒れ伏したまま動けず、意識が薄れ始めたそのとき、視線の先に輝くものがあることに気づいた。頭上で瞬く雷光を反射したのは、庭の中心に置かれていた岩の欠片だ。

「岩に雷が落ちたせいで砕け散ったんだろう。私は泥水の中を必死で這って、どうにかそれを手に取るんだ。破片と言っても元が大きな岩だからな。赤ん坊の頭ぐらいはあったと思う。篝火はすっかり消えて辺りはもう真っ暗だ。私はその石を抱えて、どうにかこうにか立ち上がる。右も左もわからない闇の中を歩きながら自分が何か言っているのはわかるのに、何を言っているのかは聞こえない。そのうち手足の感覚がなくなってきて、歩いているのか倒れているのかわからなくなる頃、目が覚める」

秋成は息継ぎをするように深く溜息をつくと、俯いて重々しい声で言う。

「私は盗人だ。砕け散った宝石を抱えてその場から逃げた。近くに神官たちがいたくらいだからきっとあれは何かいわくのある宝石で、それで私は呪いを受けたんだろう。呪いでなかったらなんだ？　前世の記憶を引きずって何度も生まれ変わるなんて」

秋成は銀次の手を振り払って身をよじる。手だけでなく銀次の視線からも逃げたいのか、苦しげな表情で目を閉じてこちらを見ない。

「お前は私の呪いに巻き込まれてるんだ。私のせいでお前は死ぬ」

「坊ちゃんのために死ぬのが呪いなら、呪われているのは俺の方では？」

違う、と秋成はもどかしそうに首を横に振った。

「私の呪いだ。何度生まれ変わってもお前に出会って、恋をして、私のために死なせるんだ。お前にはなんの非もないのに、私のせいで――……」

銀次の肩先が鋭く反応する。呪いという言葉にも驚いたが、それ以上に恋という言葉に意識を持っていかれてしまった。

今の言い草では、今生の秋成も自分に想いを寄せてくれているように聞こえたが気のせいか。

期待に胸が疼いたが、今は秋成の話だ。

話の中で、大きな違和感を覚えた部分がある。

「坊ちゃんが見たっていう祭りがどんなものかは知りませんが……宝石を懐にしまい込んだところで坊ちゃんが盗人扱いされることはないと思いますよ?」

俯いていた秋成はゆっくりと顔を上げ、憔悴しきった顔で「どういうことだ?」と尋ねてくる。

「銀次は何か知ってるのか? あの祭りはお前が死んだ翌日に行われたものなのに」

「いえ、祭りに関してはまったく。でもあの人は、あの時代の天子だったでしょう?」

秋成の顔にぽかんとした表情が浮かぶ。それを見て、銀次も目を丸くした。

「覚えてないんですか?」

「覚えてないというか……夢の中の音が聞こえないんだ。誰かから話しかけられても何を言っているのかわからないし、自分がどういう立場の人間か、よくわからなかった」

「でも、領主や将校だったことはわかっていたような話しぶりだったじゃないですか」

「領主の頃は紋章があったし、将校だって軍服のデザインを見れば階級がわかった。近代なら立場も想像しやすい。でもあの夢はわからなかった。自分が人に傅かれる立場であることはわかったが、あまり人前に出ることはなかったし、何より若かっただろう。せいぜい皇子か何かだとばかり……」

「いえ、天子様です。俺はいつも遠くからあの人を見詰めるばかりで、おいそれと近づくことすらできなかった。一度だけ声をかけたことがありますが、あれだってもし他の誰かに見つかったらその場で斬り捨てられたって不思議じゃなかったんです」

天子は天命を受け、天下を治める者だ。その権力は絶大で、何者も逆らうことなどできない。あの国に存在する人も、物も、すべては天子のものだ。

「だから何をどうしても宝石を盗んだことにはならないはずなんです。最初から全部あの人のものだったんですから」

秋成は一瞬すがるような目をこちらに向けてきたものの、すぐに首を横に振って自分の両手に視線を落としてしまう。

「だとしたら、どうしてこんなにも生々しい罪悪感を覚えているんだ？　あの石に触れるとき、取り返しのつかないことをしてしまったと感じたのは間違いないんだぞ」

秋成は青白い顔をしているが、当時のあの人が天子として全権を握っていたのは事実だ。罪悪感を覚えたとしたら、何か他に理由があったとしか思えない。

「……その石が、よほど神聖なものだった可能性は？」

一国の主でも神の前では首を垂れる。現代でもそれは変わらない。

遥か昔、まだ科学の知識も浸透していなかった時代では神の威光は今以上に強かったはずだ。天子であるあの人が畏れを抱く対象など、他に思いつかなかった。

「その祭り、もしかして神事のようなものだったんじゃないですか？　その石は御神体のようなものだったとか、そういうことは？　坊ちゃんは神聖な石に触れてしまった罪悪感だけ覚えていて、それで自分を盗人だと思い込んでいるだけでは？」

銀次の言葉が進むにつれ、秋成の表情が変化してきた。それまで頭の片隅にも浮かばなかった新しい思考の筋道を見つけ、じっと目を凝らすような表情だ。

「……いや、でも、だとしたら神聖なものに触れる禁忌を犯したせいで呪いがかかった可能性もあるぞ。何度生まれ変わっても、私のそばには必ずあの石があるから」

「必ず？」

「うん。お前も見たことがあるだろう？　よく身につけていたから」

ぴんとこない顔をする銀次を見て、秋成が何かに気づいた顔をした。

「銀次の夢には色がついてないのか。だったら見分けがつかないな」

秋成は納得した顔になって「赤だ」と言った。

「雷に打たれて砕けた岩の内側には、ザクロのように鮮やかな赤い宝石が詰まってたんだ。それ以降、どの時代でも私のそばにはあれとよく似た赤い宝石があった。砂漠にいた頃はいつも胸からペンダントを下げていただろう。あれだ」

言われた瞬間、あの人の浅黒い肌の上で光るペンダントを思い出した。鎖の先で揺れていたのは、照りつける太陽を眩しく跳ね返す拳大の宝石だ。

「公爵の頃は代々伝わる剣の持ち手に埋め込まれていたし、中尉の頃は軍刀の刀緒につけていた」

それも覚えている。バラの前で美しく微笑むあの人が振るう剣の持ち手には丸く輝く宝石が埋め込まれていた。塹壕の前に立つあの人は、軍刀の先につけた黒くて丸い根付を強く握りしめていた。

あれらはすべて、黒ではなく赤い宝石だったのか。

「そういえば、天子と呼ばれていた時代の私もいつも赤い首環をつけさせられていたな」

秋成の横顔を見ていたはずの視界がゆっくりと暗くなる。

柳の枝の向こう、池のほとりに立つあの人が振り返る。

光源は月明かりしかない。あの人の頬は内側から発光しているかのように白く、背後の池は暗く沈んで、丸い宝石を連ねた首環だけが鮮やかに光っていた。

(——……赤)

モノクロの世界に一点、色がつく。

いくつもの時代で出会ったあの人の胸に、手元に、指先に光る赤。濡れた紙に赤いインクを落としたように白黒の夢に色が広がって、唐突にすべての場面の色が蘇った。

「銀次？ どうした？」

次々と色づいていく過去の情景に気を取られて宙を見詰めていたら、秋成に顔を覗き込まれた。

その頬にべったりと赤い血がついているのを見て銀次は息を呑む。とっさに腕を伸ばして秋成の両肩を摑んだものの、次の瞬間には頰を汚していた血は消え、呆気にとられた顔でこちらを見る秋成と至近距離から視線を合わせることになった。

「ど、どうしたんだ、本当に」

銀次は何度も瞬きをして、秋成の体がどこも汚れていないことを確認して息をついた。

(また汚してしまったのかと思った)

秋成の肩に両手をかけたまま項垂れ、銀次はぽつりと呟いた。

「俺の夢に色がついていなかった理由がわかった気がします」

「理由なんてあるのか？」

「たぶん、自分の血であの人を汚すのが直視できなかったんじゃないかと」

どの人生でも自分は血まみれで死んでいくし、駆けつけたあの人を血で汚してしまう。自分の体から溢れるどろりとした液体は、あの人に対する重たい執着のように思えた。それがあの人の服にしみ込み、肌になすりつけられるその様は、自分の執着があの人を汚してしまうようで見るに堪えなかったのだ。

「思い出したら具合が悪くなってきました……」

「お、おい、大丈夫か！」

慌てて銀次の背中を叩いた秋成が、何かに気づいたようにその手を止めた。

「思い出した？」

「はい。確かにあの人、いつも赤い宝石を身につけてましたね。思い出しました」

「お前の夢はモノクロだったんじゃないのか？」

「そうなんですが、夢の中の色を一つ思い出したら芋づる式に全部思い出しました」

秋成の肩に置いた手を引こうとすると、引き留めるように手首を摑まれた。

「だったら、私も何か一つでも夢の中の音を思い出せれば、すべての場面に音が戻ってくるんじゃないか？」

期待を込めた目で見詰められて口ごもる。

自分の場合は、どの時代でもあの人が必ず身につけていた宝石、というわかりやすい目印があったが、音となると難しい。

「何かよほど印象的な音でも思い出せればいいんでしょうが、そんなもんありますか？　生まれ変わるたび必ず耳にする音とか……」

「ある」

あるのか。一体どんな、と尋ねようとしたら、秋成の両手が伸びてきて左右から頬を包まれた。そのまま両手でがっしりと顔の向きを固定される。

「お前の言葉だ」

目を瞬かせる銀次の顔を正面から見詰め、秋成は真剣な表情で続けた。

「お前、死ぬ間際に私に向かって何か言うだろう。何も聞こえないのに泣きたくなるくらい胸が痛くなる。あれ、いつも同じ言葉を口にしてるんじゃないか？　どの時代でもあの言葉を言われた瞬間は胸が引きちぎれそうになる。なんて言ってたんだ？」

言いよどめば、秋成の顔に悲愴(ひそう)な表情が浮かんだ。

「私に対する恨み言か？　生まれ変わるたび私に会って、本当はうんざりしていたんじゃないのか……？」

「まさか！」

あり得ないと声を荒らげれば、さらに大きな声で「だったら！」と遮られた。

「教えてくれ、お前はいつも最期に何を伝えようとしてたんだ。恨み言じゃないのか。そうでないならどうしてあんなに胸が抉られるように痛むんだ」

銀次の頬を両手で包んだまま、頼む、と秋成は掠れた声で言う。

「お前の声を思い出せれば、夢に音が戻ってくるかもしれない。だから教えてくれ……」

こちらを見上げる秋成の表情に、微かな怯えが見てとれる。恨み言ではないと銀次に否定されても信じられないのだろう。

秋成の潤んだ瞳を覗き込み、言ってしまっていいのだろうかとしばし迷う。

何度生まれ変わっても今わの際の言葉は変わらない。最期だからと明け透けに本心を口にした。

けれど今は命の危機が迫っているわけではない。本音を口にした後も秋成と向かい合う時間は続く。自分の言葉は秋成を困らせてしまうだけかもしれない。

(でも、今を逃したらきっと一生伝えられない)

もう秋成の護衛は外されてしまったし、同居も解消したいと言われている。秋成には恋人もできて、自分に構っている時間なんてこの先ないはずだ。

これが最後だ。

毒見のためにしつらえられた帳の内側で、砂の焼ける匂いのする砂漠の宮殿で、本棚に囲まれた埃っぽい部屋の隅で、血と硝煙の臭いがする戦場で、いつも思った。

これが最後だ。伝えたい。

銀次はゆっくりと手を上げると、頬を包む秋成の手に自身の手を重ねた。

天子様。

王子。

伯爵。

中尉殿。

坊ちゃん。

あの人を呼ぶ言葉は時代ごとに変わっても、この胸に根づく想いは不思議なくらいに変わらない。

今生でも長い年月をかけて胸に溜め込んでいた想いが、声を伴い言葉になる。

「お慕いしております」

記憶の中で、かつての自分の声が重なって響いた。この言葉を最後にいつも自分は事切れる。あの人を守れたことと、想いを告げられた満足感に包まれながら。

ゆっくりと見開かれる秋成の目を見詰め、銀次は弱り顔で笑った。

「今生でも、あんたのことが好きなんです」

こうして言葉にしてしまえばもう、秋成を見詰める目から、声から、指先から想いが溢れて隠しておけなくなってしまう。

秋成は呆然とした顔でこちらを見て動かない。案外他愛もない言葉だっただろうかと思っていると、秋成の顔がくしゃりと歪んだ。左右から銀次の頬を挟んでいた手が首に回され、抱きつかれたと思ったら耳元でわっと声が上がる。

「そうだ！　いつもお前はそう言うんだ！　なんで最期に……！」

秋成の声はあっという間に涙に溺れ、苦しいくらい強く首にしがみつかれる。

「お前が息を引き取ってからわかったところで惜しむことしかできない！　聞かなければよかったと何度思ったか――！」

ワイシャツの肩口に秋成が顔を埋めてきて、そこが熱く湿っていくのがわかった。激しく波打つ秋成の背中に手を伸ばしかけ、銀次は強く拳を握る。

「すみません。今生では言うつもりはなかったんです。坊ちゃんにはもう恋人もいるのに、今更こんなことを言われても迷惑でしょう」

銀次の言葉が終わらぬうちに、秋成がガバリと顔を上げた。涙でぐしゃぐしゃの顔でこちらを凝視してくる秋成に、改めて尋ねる。

「サークルの先輩とおつき合いを始めたんですよね？」

「つき合ってない！」

秋成はぼろぼろと涙を流しながら、銀次を睨んで声を荒らげた。

「そんなのお前を私から遠ざけるための嘘に決まってるだろ！　何年お前に片想いしてきたと思ってるんだ、そんなにすぐに諦めきれるか！」

「嘘？」と秋成の言葉を復唱してしまった。しかも片想いと言ったか。ならば秋成は本当に自分のことが好きだったとでも言うのか。

「でも、子供の頃から俺を好きだと言い続けてきたのは周りの目を欺くためだと、岸島さんにもそう言って……」

「あれも口から出まかせだ！　おじさんがしつこいから……っ！」

秋成は嗚咽（おえつ）を噛み殺すように唇を引き結び、ごくりと喉を鳴らしてからもう一度口を開く。

「ほ……っ、本当は、二十歳になったら、ちゃんとお前に告白するつもりだったんだ。それでも断られたらもう、年とか関係なく、お前は私をそういう目で見られないってことなんだろうって、諦めるつもりで……。でも、誕生日の前にあんな夢を見始めて、そばにいたらまたお前を死なせてしまうかもしれないと思ったから、だから……っ」

銀次の首に回していた腕をほどき、秋成はシャツの袖口で涙を拭った。

「お前と離れ離れになんてなりたくなかったけど、死なれるよりずっとましだ。そう思ってたのに、お前はなんだかすっきりした顔で荷物をまとめ始めるし、やっぱり私と一緒に暮らすの、嫌だったのかと思って……」

涙で湿った声を聞いているうちに、だんだんと秋成が口にしている言葉が頭にしみ込んできた。

今の今まで、恋人ができたという秋成の言葉を疑ったことすらなかった。今更自分の本音に気づいたところでもう遅い。そう思って捨てたはずの望みがあっさりと息を吹き返す。まだ間に合うのかもしれないと思ったら、津波のような歓喜に呑まれた。背中に大波を受けたかのように体が前のめりになって、大事なものが遠くに攫われてしまわぬよう、渾身の力を込めて秋成を抱きしめた。

腕の中、秋成の体が一瞬だけ硬直してすぐに緩んだ。

銀次の肩に顔を押しつけ、声を殺して泣く秋成を強く抱きしめる。

落ちてきた看板から秋成を守るためだとか、突っ込んできたバイクから庇うためだとか、そんな理由で秋成を抱き寄せたことは何度もあったが、自分の腕の中に閉じ込めておきたくて抱きしめたのは初めてだ。

過去の記憶を引きずって、何度も生まれ変わってはこの人と巡り会ってきた。いつの時代も身分が違いすぎて遠くから見詰めることしかできなかったけれど、ようやくだ。

「——……やっとあんたに触れられる」

万感の想いを込めて呟けば、その声が届いたのか秋成が堰を切ったように声を上げて泣き始めた。

秋成がこんなふうに手放しで泣く姿を見るのはいつ以来だろう。懐かしい気分で、銀次は秋成の背中を叩く。

「長いこと坊ちゃんの想いにきちんと応えられず、申し訳ありませんでした」

泣きながら首を横に振る秋成の髪に鼻先を埋め、銀次は静かに目を閉じた。

「……俺を諦めないでいてくれて、ありがとうございます」

声尻が少しだけ揺れてしまった。

初めて秋成からプロポーズをされてから十四年近く。秋成が途中で諦めてしまっていたら、秋成への想いを自覚することも、こうしてこの胸に抱くこともできなかった。

閉じた瞼の裏が熱く潤っていくのがわかって、銀次はますます強く秋成を抱きしめる。

泣きすぎて薄く汗をかいている秋成に、少しの懐かしさを感じながら。


シャツの胸の辺りが涙を吸って冷たくなってきた頃、腕の中から漏れ聞こえる秋成の泣き声がようやく小さくなってきた。落ち着いたかな、と少し腕の力を緩めると、秋成も銀次の首に回した腕をほどいてもそもそと顔を上げる。

銀次の前で大泣きしたのが気恥ずかしいのか、口をへの字にしてあらぬ方に視線を向ける秋成の目や鼻が赤くなっている。少しむくんだその顔に目尻を下げ、「どうぞ」とローテーブルの上に置かれていたティッシュを箱ごと手渡した。

無言でそれを受け取った秋成は、ティッシュで鼻をかんでソファーに座り直した。それからソファーの背に深く凭れ、鼻にかかった声で「……思い出した」と呟く。

「銀次のおかげで夢の中の音が聞こえるようになって、全部思い出した。お前の言う通り、あの祭りは神事だ。雷に打たれた石は一族に伝わる神聖なもので、一族の長が民の繁栄を願い、祈りを捧げる。私たち一族はそうやって何代にもわたりあの石に祈りを捧げてきた。私的な欲を満たすためじゃなく、国のため、民のために」

こめかみに指先を当て、でもな、と秋成は続ける。

「砕けた石を握りしめたとき、私は初めて自分自身のために祈ったんだ。次は平民に生まれたい。好いた相手と添い遂げたい。お前の顔を思い浮かべながらそう口にした」

「俺ですか?」と銀次は声を裏返らせる。

「あの時代の俺たちなんて、たった一度会ったきりじゃないですか」

「二度だろう。お前が毒を食らって倒れたときも駆けつけたぞ」

銀次は目を見開く。あれは毒で意識が朦朧とする中見た幻覚ではなかったのか。

「……だとしても、たったの二回ですよ」

「十分だ。今わの際に熱烈な告白までされたんだからな」

それなら銀次も覚えている。血の泡を吹きながら、自分はあの人を見上げてこう言ったはずだ。

——ご無事でよかった。お慕いしております。

「そう言って、心底ほっとした顔で笑って息を引き取ったんだ。こんなにも自分を想ってくれる相手と添い遂げられたらどんなに幸せだろうと夢想してしまっても不思議じゃない。現実の自分は、婚礼の日に妻側の来賓から毒を盛られているんだからな」

銀次は痛ましい思いで眉を寄せる。一体誰が毒など仕込んだのだろうと薄れていく意識の端で思っていたが、結婚相手の関係者だったか。

これから家族となる人間すらも信用できない。当時のあの人がどれほどの孤独に苛まれていたのか、時を経て痛感する。

「天子は国の要だ。個人的な欲求はすべて殺して生きてきたつもりだったが、死に際に本音がこぼれた。……お前と一緒だな」

からかうような笑みを向けられ、銀次も無理やり唇の端を持ち上げた。最期に想いが決壊してしまう気持ちは理解できる。だが、望めばなんでも手に入ったあの人が最期に望んだのがそんなにささやかな願いだったのかと思うと胸が痛んだ。

代々あの人の一族を見守ってきた石だって、一族の長たる人間からそんな願いをかけられて不憫に思ったのではないか。

それはふとした思いつきだったが、ひどくしっくりくる考えだった。

「坊ちゃん、俺たちが何度も生まれ変わって巡り会うのは呪いではないのでは？」

「呪いでないならなんなんだ」

銀次はあまり豊富でない語彙を引っ掻き回し、「慈悲ですかね」と言葉を捻り出す。

「その石は何代も何代も一族の願いを聞き入れてきたわけですよね。でも儀式の日に雷に打たれて砕けてしまった。その後、ご自分がどうなったかは覚えてますか？」

「覚えてない。石を抱えて歩き出した辺りでもう何も見えなくなって、それきりだ。たぶん私も雷に打たれていたんだろう。助からなかったんじゃないかと思う」

「だとしたら、坊ちゃんは一族最後の天子だったんじゃないですか？　前日に結婚したばかりでまだ子供もいなかったはずなんですから」

秋成はまたこめかみに指を添え、何か思い出すように斜め上を見上げてから頷いた。

「そうだな。両親はすでに他界していたし、私には兄弟もなかった。直系の血はあそこで絶えたことになる」

「ならあの石は、何代も石を祀ってきた一族の最後の願いを叶えようとしてるだけなんじゃないですかね。生まれ変わるたびあの人の手元にその石が戻ってくるのにも何か意味があるんじゃ……」

そこまで言って、はたと大事なことに気がついた。

「そういえば、今生ではあの石を見かけてませんね？」

夢の中ではあの人が胸に下げていたペンダントヘッドや剣の装飾、刀緒の先で赤い石がきらめいていたが、今生ではそれらしきものを見た記憶がない。

何か覚えはないかと尋ねようとすると、強張った顔の秋成と目が合った。

「……実は、一つ思い当たるものがある」

「もしかしてもう手元にあるんですか?」

秋成は無言で首を横に振ると、ひどく言いにくそうに口を開いた。

「子供の頃……銀次にプレゼントした」

身に覚えのない話に、「は」と短い声を漏らしてしまった。

秋成は弱り顔で、言い訳のように続ける。

「あの石はいつも、不思議な縁で私の手元に転がり込んでくるんだ。他国から貢物として献上されたこともあったし、親から譲り受けたものもあった。今世ではたまたま売られていたものを自分で買い取った」

「宝石をですか? 自分で?」

「昔、実家に宝石商が訪ねてきたことがあっただろう。父さんとの商談中に私も宝石を見せてもらって、そのときに……」

銀次は鋭く息を呑む。

覚えている。秋成からもらった誕生石のガーネットだ。大ぶりのビーズほどの大きさだったが、複雑な色味が非常に希少で、自分の月収より断然高いと聞いて震え上がったものだ。

「あの石の色、夢で見た宝石とそっくりだった」

「あれならお返ししたはずです……！」

「そうなんだが、どうしてもお前に受け取ってほしくて……、紙粘土にくるんで渡した」

絶句する銀次を見て、秋成は叱られる前の子供のように肩を縮めた。

「紙粘土が乾いたら赤い絵の具で色をつけて、ネクタイピンにくっつけてプレゼントしたんだ。でもあんなもの、もう持ってるわけ……」

「持ってるに決まってるでしょう」

秋成の言葉を遮り銀次は勢いよく立ち上がる。「待っていてください」と言い残してリビングを出ると、自室に飛び込んでクローゼットの扉を開けた。床に置いていたボストンバッグに飛びつき、中から黄色い缶を取り出して再びリビングに戻る。

ソファーの前のローテーブルにサブレの缶を置き、大人しくその様子を見守る秋成の前で恭しく蓋を開ける。

かつて自分が渡したプレゼントが詰め込まれた缶の中を覗き込んで、秋成は大きく目を見開いた。

「お前、こんなもの後生大事に……」

「こんなものなんて言わんでください。俺の財産です。ほら、これでしょう」

缶の中からネクタイピンを取り出し、秋成にも見えるよう目の高さまで掲げてみせる。

銀色のネクタイピンに丸めた紙粘土がくっついている。秋成が言う通り赤い絵の具で色をつけられたそれは、大量のボンドで無理やり金属にくっつけられている状態だ。

「そう……、そうだ、これだ。ピンから外してみてくれ」

言われるまま軽く紙粘土の部分を押すと、あっけなくピンから外れた。

銀次からそれを受け取った秋成は、人差し指と親指で紙粘土の玉を摘まむ。

「力を入れれば砕けるかな」

「そんなことをしたら宝石に傷がつきませんか？」

「多少は構わない。……いくぞ」

秋成が指先に力を入れると紙粘土の表面に亀裂が走り、ぼろっと全体が砕けた。

紙粘土の下から現れたのは、鮮血のように赤い宝石だ。

「こんなところに、なんてものを仕込んでるんです……」

銀次は本気で眩暈(めまい)を覚える。秋成にねだられるまま身につけ、うっかり外で落としたりしなくて本当に良かった。

「夢で見たのと同じ石ですか？」

秋成は手の上で宝石を転がし「似てるような気はするが」と煮え切らない返答をする。

実物を手に取ってみても確信は持てないようだ。それよりもローテーブルに置かれた缶が気になるようで、そわそわと身を乗り出して中を覗き込んでいる。

「これ、全部取っておいたのか」

「もちろんです。前にもそう言いませんでしたか？」

「悪かった、信じてなかった」

秋成は缶の中に手を伸ばし、紙粘土で作った動物を指先で撫でてふっと笑った。

「自分で思ってる以上に、私はお前に大事にされてきたんだな」

「伝わっていなかったようで残念です」

生真面目に答えると、「だから、悪かった」と秋成から弱り顔を向けられた。

「お前はいつも『仕事ですから』としか言わないから、義務感で私につき合ってくれてると思ってたんだ。でも、これは違うな？」

壊れやすい粘土細工はわざわざ梱包材にくるんで保管されているのを見て、秋成は喉を鳴らすように笑う。

「前世の私を覚えてたからか？」

「それもありますが、俺のためにこうしてプレゼントを用意してくれた坊ちゃんだから大事にしようと思ったんですよ」

秋成自身はきっと想像もできないだろう。気まぐれのような軽やかさで日々手渡されるプレゼントや気遣いに、銀次がどれだけ救われていたかなんて。

「何度生まれ変わってもそうです。惹かれるのは前世のあの人じゃなく、いつだって目の前にいるあんたなんですよ」

「だったら今生では私と添い遂げてくれ」

言葉尻を奪う勢いで割り込まれて口をつぐむ。こちらを見詰める秋成の表情は真剣だ。

「もう自分を犠牲にしてまで私を守らなくていい。最後まで一緒に生きていてくれ。それが私の望みだ」

守らなくていい、という言葉に、わずかに身が竦んだ。

秋成を守ることは、何も持たない自分にとって唯一とも言える人生のよすがだ。それを取り上げられることは自分の軸を失うことに等しい。

だが、当の秋成はそれを望んでいない。

自分のために銀次が死んだとなれば、秋成はひどく傷つくだろうし、悲しむだろう。もしかしたら泣くかもしれない。そのとき自分は、秋成の涙を拭ってやることもできない。

(それは駄目だ)

前世の人生をなぞるように華々しく散ったところで、秋成を泣かせてしまっては意味がない。

長年どうやって死ぬかばかり考えていたが、もうやめだ。

(ちゃんと生きよう)

秋成を泣かせないように、笑っていてもらえるように、二人でつつがなく生きていけるように。

それだけで自分の人生には十分意味がある。

秋成は同性で、十歳以上も年下で、御堂コーポレーション社長の一人息子で、なんの取り柄もない自分がともに生きていこうとすればあまりにも障害が多すぎるが、それでも最後まで手放さずにいよう。

自分を犠牲にして秋成を守るよりよほど難易度は高くなるが、やり遂げるしかない。

銀次は肩の力を抜くと、秋成の左手を取って微笑んだ。

「俺でよければ、喜んで」

自分はこの人と生きていく。

ぷつりと途切れていた人生の道筋が、ふいに遥か遠くまでつながった気がした。

「銀次——……」

秋成が感極まったように銀次の名を呼ぶ。

次の瞬間、その表情が凍りついた。

まるで後ろから刺されでもしたような顔つきにぎょっとしていると、秋成が宝石を握りしめていた右手を持ち上げた。お互いの顔の高さまで拳を上げ、ゆっくりと指を開く。

秋成の掌の上で、赤い石が真っ二つに割れていた。

小さくたって正真正銘の宝石だ。素手で握りしめたくらいで割れるとは思えない。どういうことだと目を白黒させていると、秋成の手の上で赤い石がさらりと崩れた。

「えっ」と二人揃って声を上げる。二つに割れた赤い石は目の前で砂と化し、秋成の手の上でガラスをすりつぶしたような赤い砂になった。

「……崩れたぞ」

呟いた秋成の息がかかったのか、赤い砂は宙に舞い上がり、そのまま空気に溶けるように消えてしまった。

空っぽになった秋成の手を凝視して、しばらく二人とも動くことができなかった。

長い長い沈黙の後、秋成がゆるゆると顔を上げる。

「私の願いが叶ったから、か……？」

次は平民に生まれて、好いた相手と添い遂げたい。

秋成が望み、銀次もその覚悟を決めた。それで石は役目を終えて砕け散ったのか。

「だとしたらあの石はやっぱり、最後の天子の願いを叶えるために毎度俺たちを引き合わせてくれてたってことでしょうか」

「でも毎回お前は私のせいで死ぬんだぞ。呪いじゃないのか？」

「それは石のせいというより、これまでの時代が悪かっただけでは……」

一国の主が毒殺されかけ、暴徒が宮殿に押し入り、各地の貴族が領地を奪い合い、否応もなく戦争に巻き込まれる時代を渡り歩くように生きてきたのだ。どの時代も穏やかではなかったし、秋成は常に多くを持ち、周囲から命を狙われる存在だった。

「単に俺が毎度全力であの人を守ろうとして命を落としてただけなんじゃないですか？」

「でも、今世でもお前は何度も危ない目に遭ってるだろう？　このままそばにいたら、今生のお前は事故に巻き込まれて死ぬんじゃないかと思ってる」

「事故ですか？」

「実際何度もバイクとか車の事故に巻き込まれかけてるだろ」

大型バイクと接触して大腿骨を折ったことや、よそ見運転をしていたバイクから秋成を庇おうとしたこと、岸島の車に撥ね飛ばされたことなど秋成は指折り挙げてみせるが、銀次はあまりぴんとこない。

「それは運命というより、現代日本の一番身近な危険が自動車事故だったってだけじゃないですか？　危ないと言えば岸島さんにナイフを向けられたこともありましたし、川に落ちた坊ちゃんを助けようとして溺れかけたこともあります。単に事故に巻き込まれた回数が多かったので目立って見えるだけだと思いますが」

思いつくまま言葉を並べていると秋成に暗い表情で睨まれた。

「……本当に、お前は無茶ばかりしてるな」

「そうですね。今生でも坊ちゃんを守って死ぬもんだと思ってたので、あまり自分のことは構わなかったというか、身を守る必要もなかったというか……」

死を顧みず常に捨て身の戦法しかとってこなかった、と言った方が近いだろうか。言葉を探していると、秋成が体当たりするように銀次の胸に倒れ込んできた。慌てて抱きとめれば肩口からくぐもった声が響いてくる。

「もう私を庇って死んだりするなよ。そんなことをしたら後追いしてやるからな」

「恐ろしいことを言わないでください」

「全部徒労に終わらせてやる。それが嫌ならまずは自分の身の安全を第一にしろ。私のために死ぬな。絶対だからな」

秋成は地鳴りのような低い声で言い放ち、最後に小さな声でつけ足した。

「……もう置いていかないでくれ」

不機嫌な声から一転、ひどくか細い声で囁かれ、心臓を細い糸できりきりと締め上げられるような痛みが走る。

残されたあの人がどんな想いをするかなんて、これまでは考えたこともなかった。

「金輪際、無茶はしません。約束します」

腕を伸ばし、秋成の背中を緩く抱きしめる。

秋成は銀次の腕の中で小さく頷き、銀次、と囁く。

「さっき、添い遂げるって言ってくれたよな？」

「はい。言いました」

「……私たちは、恋人同士になったということでいいんだよな？」

「そのつもりです」

吹っ切れた銀次の言葉には迷いがない。

秋成はしばし沈黙した後、ぽつりと言った。

「誕生日プレゼント、まだもらってない」

返事をするより先に、秋成が勢いよく顔を上げた。睨むようにこちらを見詰めてくるその顔が真っ赤で、銀次は目尻を下げる。

「差し上げます。全部持っていってください」

「い……いつだ?」

「坊ちゃんさえその気なら、今夜にでも」

まさか今日の今日と言われるなんて思っていなかったのか絶句してしまった秋成を見て、銀次は苦笑を噛み殺す。

さすがに今夜は性急すぎたか。いつでも構いません、と言い直そうとしたが、秋成が声を上げる方が早かった。

「今夜、もらう」

きっぱりと言い放った秋成の、覚悟を決めた顔に銀次は見惚れる。自分よりずっと年下なのに、こういうときに秋成は思い切りがいい。

もうなんだって望みを叶えてやりたい気分になって、銀次は唇にうっすらと笑みを含ませ「お望みのままに」と返した。

凛々しい顔で今夜と指定してきた秋成だが、その後は明らかに上の空になって、銀次が声をかけても生返事が返ってくるばかりになってしまった。

日もすっかり傾いてしまったので早めに夕飯を取ることにして、とりあえず味噌汁とおにぎりなど用意してみたが銀次の差し出したそれを食べるときも目の焦点が合っていない。

それでいて、銀次と視線が合おうものなら勢いよく逸らされる。

首筋まで赤くする秋成を見ていたら意識されているのがひしひしと伝わってきて、なんだか銀次まで緊張してきてしまった。

夕食後、秋成はダイニングテーブルに箸を置くと、思い詰めた顔で「風呂に入ってこい」と銀次に告げた。

「坊ちゃんは」

「私は後で入る。……あと、いい加減坊ちゃんはやめろ。恋人同士だろう」

自分で言っておいて、秋成の声はどんどん尻すぼみになる。テーブルの向かいに座っていた銀次は、照れているのかこちらを見ようとしない秋成を見て目を細めた。

「はい、秋成様」

「様も……」

いらない、と言おうとしたのだろう。けれど秋成は銀次と視線を合わせるなり声を引っ込め、「なんでもない」と俯いてしまった。いきなり呼び捨ては想像しただけで刺激が強かったか。銀次もそれ以上は深追いをせず、汚れた食器を手にキッチンに向かう。

「では、先に風呂に入ってきます」

リビングを出るとき一声かけたが、秋成はテーブルに突っ伏して「うん」としか返さなかった。その背中から緊張が滲み出ている。

着替えを取りに自室に向かいながら、銀次は軽く首を鳴らす。

(抱く気か、抱かれる気か、訊けるような雰囲気じゃないな)

銀次としてはどちらでも構わない。秋成に触れられるだけで満足だ。

抱かれた経験はないので上手くいくかはわからないが、秋成がそれを望むのなら拒むつもりもなかった。自分のような無骨な男を抱く気になれるだろうかという疑問は残るが、判断は秋成に委ねることにしよう。

手早くシャワーを浴び、パジャマ代わりの黒いTシャツとスウェットに着替えてリビングに戻る。

ソファーに座っていた秋成は、敵入り前の武士もかくやという張り詰めた顔で銀次を振り返ると「行ってくる」と短く言い残してリビングを出ていった。

秋成の背中を見送って頭を掻く。

自分の方はとうに覚悟ができていると伝えたくて「今夜にでも」などと言ってしまったが、性急に事を進めたいわけではない。名前を呼ばれただけで顔中赤くしていた初心な反応を思い出し、もし風呂から出てきた秋成が少しでも怯む様子を見せたら今日のところは引き下がろうと心に決めた。

（男同士のやり方もわからないし、もう少し勉強させてくださいと言えば坊ちゃんも納得してくれるかな……）

ぼんやりと考え、いつものように秋成を坊ちゃんと呼んでいる自分に気づいて眉を上げた。慣れ親しんだ呼称を急に変えるのは難しい。秋成の前ではうっかり口を滑らせないよう注意しよう。

とりとめもないことを考えていると、いつもよりいくらか長く風呂に入っていた秋成がリビングに戻ってきた。

見慣れた黒いパジャマを着て部屋に入ってきた秋成は、ソファーに腰かけていた銀次の前に立つと無言で手を差し伸べてきた。取れということかと察してその手を摑めば、力強く引き起こされる。

思ったより強い力に驚いたが、それ以上に指先の冷たさに目を瞠った。湯上がりのはずなのに。やはり緊張しているのか。

秋成はこちらの反応など見もせずに、銀次の手を摑んだままリビングを出て玄関先までやってくる。廊下の左右には銀次と秋成の部屋があるが、秋成は迷いなく自室のドアを開けてその中に銀次を引っ張り込んだ。

秋成の部屋は銀次の部屋より少し広く、ベッドの他に勉強用の机も置かれている。サイドチェストの上のルームランプに秋成が軽く触れると、落ち着いた橙色の光が室内に広がった。

秋成は銀次と手をつないだまま、硬い表情でベッドに腰かける。銀次もその隣に腰を下ろし、冷えきった秋成の手をゆっくりと握り込んだ。

「緊張しているなら、日を改めてもいいんですよ？」

「嫌だ、銀次の気が変わったら困る」

即答されて苦笑を漏らす。

「俺の気は変わりません」

「でも、さんざん私を子供扱いしてきたのに……無理してないか？」

「実際、少し前まで子供でしたからね。五年前なんてまだ中学生ですよ。迫られて受け入れたら間違いなく犯罪者です。でも今はもう違うでしょう」

この五年で秋成はぐんと成長して、自分ともさほど目線の高さが変わらない。全身にも薄く筋肉が乗り、逞しい青年の体つきだ。全力で抵抗されれば銀次でも押さえ込めるかわからない。だからぎりぎり手を伸ばせる。もう少し秋成の体の線が細かったらさすがに躊躇したのだろう。

「秋成様はもう十代ではありませんし、これ以上待っても俺たちの年の差は埋まりません。周りから変態と罵られる覚悟はしました」

銀次の言葉に黙って耳を傾けていた秋成が、訝しげに顔を上げる。

「銀次が変態？　私はもう二十歳なのに？」

「幼稚園に通っていた頃から知っている相手に手を出したわけですから」

「別に幼稚園児に手を出したわけじゃないんだ。問題ないだろう？」

「世間的にはアウトでしょう。いつから恋愛感情を抱いていたんだ、と尋ねられたら自分でも上手く答えられませんし。そうでなくとも二十歳になったばかりの若者に三十過ぎのオッサンが手を出すんですから、世間の風当たりは強いですよ」

秋成は納得のいかない顔で口をつぐみ、「私のせいだな」と声を低くした。

「お前が子供を誑し込む悪い大人のように見られるなら、それは私が周りから子供扱いされているのが原因だ。二十歳そこそこの子供には正しい判断なんてできるわけがないとでも思われているってことだろう」

銀次が何か言い返すのを待たず、「十年我慢しろ」と秋成は言い放つ。こちらの手を強く握り返すその指先に、わずかながら体温が戻っていた。

「十年も経てば、お前が私の幼さに惹かれたわけじゃないことは証明できるだろう。そのとき私は三十歳だ。さすがに右も左もわからない子供じゃない。変態の汚名は自力ですすげ。できるな？」

薄暗い室内はすべての色が普段よりワントーン暗く、繰り返し見てきたモノクロの夢を彷彿させる。かつて自分の王であり、主人であり、上官であったあの人の顔が秋成の顔にベールのように薄く覆いかぶさって、銀次は懐かしく目を細めた。

「もちろんです。十歳の年の差なんて気にならなくなるまでそばにいます」

迷わず返せば、秋成に満足そうな顔で頷かれた。年相応に無邪気なその顔を見詰め、銀次は少しだけ声を小さくする。

「むしろ秋成様の方が途中で我に返るかもしれません」

「私が？」

「年が上ってだけで実際より五割増しによく見えてるだけかもしれないでしょう。俺なんて学もなければ技術もない、体がデカいだけのただのオッサンですよ」

秋成に好かれる理由など自分にあるのだろうか。

雛の刷り込みのようなものではないかと思ったが、秋成はむきになることもなく、銀次の目を覗き込んでゆっくりと瞬きをした。

「今生に限らず、生まれ変わるたび私はお前を好きになった。その理由はいろいろだ」

そう言って、秋成は懐かしそうに目を細めた。

「一人になりたいなんて我儘を言ったとき、長い時間黙って見守ってくれた。浅はかな行動を起こしたときは身分差も関係なく叱ってくれた。バラの棘で怪我をした程度の傷も本気で心配してくれたし、戦場では私の選択を信じてくれた」

覚えているか、と問うように首を傾げられ、しっかりと頷き返す。

忘れるわけがない。でもそんな些細なことがきっかけであの人が自分に心を傾けてくれるようになったとは知らなかった。

「毎回好きになる理由は違う。でも、気づいてるか？　今生のお前は私に対してこれを全部やってるんだぞ。見守ってくれて叱ってくれて、心配してくれて信じてくれた。そんなのもう、好きになるに決まってるだろ」

銀次の手を握りしめて嬉しそうに笑う秋成を見ていたら、本当にこの人は今生の自分を好きになってくれたのだ、という実感がようやくわいた。

ふつふつと血が沸き立つような感覚に突き動かされ、秋成とつないでいない方の手を伸ばしてその頬に触れる。

片手で頬を包んで顔を近づけると、こちらの意図を察したのか慌てたように目を閉じられた。物慣れていないその反応に吐息だけで笑って、触れるだけのキスをする。

すぐに唇を離して秋成の顔を覗き込む。まだ固く目をつぶったまま顔中真っ赤にしているのが可愛らしくて、色づいた頬にも唇を寄せた。

秋成が睫毛を震わせて薄く目を開ける。鼻先がぶつかり合う距離で視線を合わせれば、消え入るような声で囁かれた。

「も、もう一回……」

銀次は目を細めて秋成の唇にキスをする。離れると「もう一度」とねだられた。何度でも応じるつもりで三度目に唇を寄せたとき、離れ際に唇をちろりと舐められた。

意外な反応に驚いて顔を離すと、舌をしまい忘れた猫のように舌先を出した秋成と目が合った。違ったか、とでも言うように肩を竦められ、紳士的であろうと足掻いていた理性に痛烈な一打を食らった気分になる。

（駄目だ、可愛い）

自ら秋成の唇を追いかけてキスでふさぐ。今度は触れるだけでは済まず、秋成の唇をざらりと舐め、その隙間に舌をねじ込んだ。

「んぅ……っ」

秋成は驚いたように肩を震わせたものの逃げる素振りはない。それどころか応えるようにおずおずと口を開いてきたので、つないだ指先に力を込めた。

秋成の反応が逐一可愛いので参ってしまう。これまで極力直視しないようにしてきた感情を自覚してしまったのもまずい。秋成が可愛い。子供の頃に微笑ましく見守っていたときに感じたそれとは違う。丸ごと口に含んで食べてしまいたい。

「ん、ん……っ」

少し苦しそうな息遣いに劣情をかき立てられる。最初はされるがままだった舌先がおっかなびっくり銀次の舌に絡んでくるのが健気(けなげ)で愛おしい。

もっと深く絡ませたい欲望に抗(あらが)えず、無意識に身を乗り出していた。秋成の体がずるずると後方へ傾き、勢いベッドに押し倒す。

秋成に覆いかぶさる格好になってしまい、しまった、と動きを止めた。

まだ秋成から抱きたいのか抱かれたいのか確認していない。秋成が自分を抱こうとしているのならこんなふうに押し倒されるのは不本意ではないか。そう思ったが、こちらを見上げる秋成の顔はとろりと蕩(とろ)けている。

そんな顔を見せられたら気遣いなんて吹っ飛んで、再び秋成の口をキスでふさいだ。秋成も抵抗せず、銀次の首に腕を回してくる。

「ん、ん……ぅ」

自分の方が年上なのだし、興奮しすぎて怯えさせないようにしなければと頭では思うのに、秋成の口の中の柔らかさを知ってしまったらもう止まらなかった。ぎこちなく動く舌を絡め取って柔く噛む。秋成が嫌がらないからますます歯止めが利かない。

互いの体の隙間がもどかしくなって、秋成の腰を強く抱き寄せた。互いの体が密着して、服の上から体温がしみ込んでくる。人肌の心地よさを存分に味わっていると、体の下で秋成が身じろぎした。

　下腹部に硬いものが触れてキスをほどく。顔を覗き込もうとしたら嫌がるように面を背けられた。橙色のライトに照らされた頬も耳も真っ赤で、銀次は口元をほころばせる。

「……触ってもいいですか？」

　赤くなった耳に唇を押しつけて囁くと、秋成の体に小さな震えが走った。秋成が微かに頷いたのを確認してからその胸に掌を置く。

　服の上からでも激しい鼓動が掌に伝わってくる。それを感じていたら自分の心拍数まで上がってきて、銀次はゆっくりと掌を下へ滑らせた。

　胸からみぞおち、腹部まで下りて、さらにその下へ。びくりと秋成の体が跳ねてベッドが揺れた。服の上からでもわかるくらい兆したそれを、掌全体を使って撫でる。

「あっ、あ……っ、ま……っ」

　秋成の手足がじたばたと暴れたが、体格差があるのであっさりと押さえ込めてしまう。本気で嫌がられたら手を止めるつもりで注意深く秋成の顔を見詰めていたら目が合った。

「あ、あぁ……っ、や……」

　服の上からほんの少し撫でさすっただけなのに、秋成の目にあっという間に涙が滲む。唇から漏れる声もこれまで聞いたことがないくらい甘ったるい。

　頭の芯に火をつけられたようだ。手を止めるどころかますます秋成を追い上げてしまい、いよいよ秋成から涙声が上がった。

「ま、待ってくれ！　私はこういうの、慣れてなくて……は、初めてだから」

知っている。長年秋成のそばに仕えていたのだ。秋成にこの手の経験はおろか、誰かと交際をした経験すらないことだって重々承知している。

だからこそ、サークルの先輩とつき合っていると告げられたときは血の気が引いた。あれが嘘だったとわかった今も、秋成の言葉を思い出すと腹の底でぐるりと何かがとぐろを巻く。自分ではない誰かがこの体に触れる場面を想像しただけで、得体の知れない感情が蛇のように臓腑に巻きついて締め上げてくる。

銀次は秋成の下腹部から手を離すと、パジャマのズボンの中に手を差し入れた。

「えっ、あ……っ、ちょ、ちょっと待て……！」

下着の中に手を入れ直接屹立を握り込むと、秋成の背中が大きくのけ反った。軽く扱けばあっという間に先走りが溢れてくる。

「あ、あ……っ、や……っ、んん……っ」

声を殺そうと必死で唇を噛む秋成に顔を近づける。噛みしめられた唇を舌先でそっと辿ると、涙目を向けられた。

「ぎ……っ、銀次、やだ……っ」

「嫌ですか」

屹立を扱く手は止めないままひそひそと囁くと、秋成の体に小さな震えが走った。蜜が溶けるように秋成の目の奥が潤んでいく。切れ切れに上がる声が甘い。

「や……あ、あぁ……っ」

これまでは、秋成が少しでも難色を示したら即座に代替案を出してきた。けれど今だけは止めたくない。溶けていく秋成の顔をもう少し見ていたかった。

「ぎ、銀次……、銀次、もう……っ」

後頭部をシーツに押しつけて喉を震わせる秋成を見詰め、はい、と返事をする。

「いいですよ。いってください」

「ちが……っ、とめろ……っ」

「嫌です」

うっかり本音が口から漏れた。まさか断られると思っていなかったのか、驚愕に目を見開く秋成の顔を見下ろして密やかに笑う。

「全部見たいので」

もう十年以上秋成に仕えてきたが、秋成の要望より自分の欲望を優先させたのは初めてだ。身を倒し、秋成の唇に息を吹きかけるようにして「見せて」と囁くと、秋成の体がさざめくように小さく震えた。

「あ、あっ、あぁ……っ！」

切れ切れの声とともに、掌に温い飛沫が叩きつけられる。張り詰めていた秋成の表情が弛緩していくのをじっくりと眺め、速い呼吸を繰り返す唇に触れるだけのキスをした。

脱力してベッドに沈み込んだ秋成が、恨みがましい目でこちらを睨んでくる。

「……待てって、言ったぞ」

「すみません、つい興奮して」

起き上がり、サイドチェストに置かれていたボックスティッシュを手元に引き寄せる。後始末をしていると、まだベッドに横たわったままの秋成と目が合った。

「お前の我儘なんて初めて聞いた」

そう言って、秋成は意外にも機嫌よく笑った。

その顔をもっと近くで見たくて、銀次も秋成の隣に身を横たえる。

「我儘ですよ。もともと仕事以外のことに関しては聞き分けがいい方じゃありませんから」

「知らなかった。こんなに長く一緒にいたのに」

それだけ秋成には仕事用の顔しか見せていなかったということだ。

秋成の手が伸びてきて、銀次の頬に触れる。

「私も全部見たい」

指先は頬から首筋に下り、喉仏をなぞって胸へと至る。胸から臍へと下りていくその動きは、つい先ほど自分が秋成にしたのと同じものだ。

「触っていいか？」

閨での経験などないだろうに、あっという間に銀次のやり方を真似てスウェットの上から下腹部に触れてくる。学習能力の高さに舌を巻きつつ、「お願いします」と返した。

服の上から触れられると、一気に下半身に血が集まった。いい年をして、と自分でも恥ずかしくなるくらい顕著に反応してしまったが、秋成はそれをからかうでもなく、真剣な顔で手を動かしている。

「ち、直接触っても……？」

律儀に尋ね、銀次の了承を得てからスウェットの中に手を入れてくる。育ちがいいな、などと思っていたら秋成の指が直接屹立に絡んできた。

「ん……」

小さく声を漏らせば、それを聞きつけた秋成の口元がわずかに緩んだ。反応があったことが嬉しかったらしい。

たどたどしい手つきで扱かれて、唇から緩く息を吐く。秋成の指先はひどく遠慮がちでくすぐったいくらいだが、一生懸命な顔が可愛くてつい見入ってしまう。

手を伸ばし、秋成の頬にかかる髪を耳にかけてやる。そこで初めて銀次にまじまじと見詰められていたことに気づいたのか、秋成の頬に朱が散った。

「み、見るな」

照れているのかぎこちなく目を逸らされて、馬鹿の一つ覚えのように、可愛い、と胸の内で呟いてしまった。もう箍（たが）が外れたとしか思えない。

「俺も触っていいですか」

囁いて、返事も待たず秋成の下肢に手を伸ばす。

先ほど達したばかりなのにそこは緩く兆していて、若いな、と感心してしまった。

ズボンをずらし、互いに局部だけ出して触り合う。途端に手の動きが疎かになってしまう秋成が愛しい。触れてほしいより触れたい気持ちが勝って指を動かす。

「ん……、ぁ……っ、銀……だ、駄目だ、また……」

制止の言葉はキスで止めた。唇をすり合わせるだけで秋成は声を呑んでしまい、舌を差し入れればもう鼻にかかった甘い声しか出てこなくなる。

追い上げる手を速めれば、ぐずるような声とともに軽く唇を噛まれた。

「こ、今度は、銀次も一緒がいい……」

涙目の秋成に弾んだ息の下から訴えられ、腹の底がカッと熱くなった。

「でしたら、もっとこっちに」

秋成の腰を抱き寄せ、互いの胸が触れ合うくらい体を密着させる。何をされるのかよくわかっていないのか硬直している秋成の屹立を、自分のそれとひとまとめにして摑んだ。

そのまま上下に手を動かせば、硬い掌とぬるついた雄の感触が同時に襲ってくる。

「あっ⁉　な、何……っ、あぁっ……！」

大きく背中をしならせた秋成を強く抱きしめ、その首筋に顔を埋めた。甘い肌の匂いを胸いっぱいに吸い込み、滑らかな首のつけ根に唇を押しつける。

「あっ、あ、あ……っ」

もうほとんど力が入っていない秋成の手も一緒に掴んで互いの屹立を刺激する。そうしながら秋成の首筋に強く吸いつくと、秋成の体が小さく痙攣した。

「銀次っ、銀……っ、あ、んん……っ！」

切迫した声で名前を呼ばれて背筋に痺れが走った。秋成を追い上げているのは銀次なのに、助けを求めるような声でその張本人を呼ぶなんて。

絶大な信頼を寄せられていることを自覚した瞬間、頭の中が真っ白になった。

「……っ」

襲いくる興奮に抗えず、息を詰めて遂情した。

ドッと体が重たくなって、自分の荒い息遣いと激しい拍動が耳の奥で重なる。こんなにも興奮したのは初めてかもしれない。

見れば腕の中で秋成もぐったりと弛緩していた。無防備なその顔を見ていたらたまらなくなって、後始末もそこそこに秋成を抱きしめる。服が汚れたら洗えばいい。全部自分がやるのだからいいだろうと開き直り、胸に秋成を閉じ込めた。

心地よい疲労感に身を委ね、ともすれば眠りに落ちてしまいそうになったとき、腕の中で秋成が身じろぎした。起き上がろうとしているらしい。名残惜しい気持ちで腕をほどく。

秋成はむくりと起き上がると、ベッドのサイドチェストに手を伸ばした。

「秋成様？　ティッシュならこっちに……」

唐突に銀次の言葉が途切れる。

振り返った秋成の手に握られていたのは、ローションとゴムだ。

お互いに達した。秋成に至っては二回だ。秋成はこの手の行為に慣れていないようだし今日はここまでかと思っていたが、見通しが甘かったらしい。

銀次も起き上がり、神妙な顔つきで秋成に尋ねる。

「……続きもするつもりですか？」

「当然だ」

直前までの行為の名残で頬を上気させているにもかかわらず、即答した秋成の顔つきは凛々しかった。

秋成はもう覚悟を決めている。それに倣い、銀次も居住まいを正した。

「わかりました。それで、俺はどっちをやればいいんでしょうか」

質問の意味を捉え損ねたのか、秋成が無言で眉を上げる。敢えて明け透けな言葉を避けたのだが、もう少しわかりやすく言い直した方がよさそうだ。

「続きをするんですよね？　触り合うだけじゃなく」

「そうだ。最後までしたい」

「つまり俺を抱きたいんですか。それとも抱かれたいですか？」

秋成が目を見開いた。一瞬で頬を赤く染め「お前……」と声を震わせる。

「わ、私が抱きたいなんて言ったらどうするつもりだ。抱かれる気か？」

「お望みならば」

抵抗する気がないことを示すつもりで、どうぞ、と両の掌を天井に向けてみせる。

秋成にその気があるなら否やはない。体にどのくらい負荷がかかるか知らないが、死にはしないだろう。

秋成はしばらく呆気にとられた顔で銀次を見ていたが、そのうち弱り顔になって、ごく小さな声で呟いた。

「お前を抱くなんて、考えたこともなかった……」

小さくともしっかりと耳に届いた言葉を、銀次は無言で反芻する。

つまりどういうことだ。

秋成は最初から、銀次に抱かれることしか想定していなかったということか。そういうつもりで続きをねだったのか。

何か言おうとしたが言葉にならず、銀次は両手で顔を覆った。

あんな凛々しい顔でそんな覚悟を決めていたなんて想像できてたまるか。

「銀次？　ど、どうした……？」

秋成が身を寄せてくる気配がして、銀次は顔を覆っていた手を下ろした。

「抱いていいんですか」

単刀直入に尋ねると、秋成の顔がまた赤くなった。けれど視線は逸らされず、真剣な顔で頷かれる。それを見たらもうじっとしていられず、両腕を伸ばして秋成を抱きしめた。

秋成に触れられるならどちらでもいいと思っていたはずなのに、感極まって秋成を抱きしめたまま動けなくなってしまった。

これはもう、自分の心に素直になろう。

「嬉しいです」

これ以上ないくらい強く秋成を抱きしめて囁くと、腕の中の体が安堵したように緩んだ。

「服、ちゃんと脱ぎましょうか」と声をかけると、気恥ずかしそうな顔で頷かれた。お互いに服を脱ぎ、再び秋成をベッドに押し倒す。

「これ、使ってくれ」

シーツの上に転がしていたローションを差し出され、恭しくそれを受け取った。

「……同性同士の経験はないのでよくわからないのですが」

実家を飛び出した後、夜の街をうろつく間にそれなりに女性経験は積んだものの、同性間の行為についてはさっぱり知識がない。

仰向けに横たわる秋成の膝に手を置き、その裏側に指を滑り込ませる。膝を立てるように仕草で促すと、恥ずかしそうな顔をしながらも膝を立ててくれた。従順な態度にたまらない気分になりつつ、内腿から脚のつけ根に向かって指を滑らせ奥まった場所に触れた。

「ここを使うんですよね？」

「そ、うだ」

窄まりに指を這わせると、それだけで秋成の息がもつれた。よほど緊張しているのかと思ったが、こちらを見上げる目が期待で熱っぽく蕩けていてどきりとする。

頭の奥で、理性のブレーキがごとりと外れる音を聞いた気がして内心慌てた。年長者である自分が理性を手離すような事態は避けたい。

慎重にいけ、と自分に言い聞かせ、秋成の脚の間に身を割り込ませる。ローションを掌に落とし、たっぷりとそれをまとわせた指を恐る恐る窄まりに押し当てた。

「ん……」

ゆっくりと指を沈めると、驚くほど抵抗なく隘路に指が呑み込まれていく。

想像と違う感触に驚いて動きを止めれば、秋成が腕で顔を隠しながらぼそりと呟いた。

「風呂場でも、準備してきたから……」

それで風呂から上がるのが遅かったのか。自分に抱かれるために、わざわざ準備までしてくれたのかと思ったら、体の内側にかかる圧力が一気に増したような錯覚に囚われた。

全身の血管が押しつぶされて血が逆流するようだ。落ち着け、冷静になれと自分に言い聞かせる。興奮して前後不覚になった挙句、秋成を傷つける真似だけはしたくない。

冷静さを手離さないよう大きく息を吐いて、ゆっくりと指を出し入れする。秋成は腕で顔を隠しているので表情がよくわからないが、こちらの指を拒む気配はない。銀次の指を呑み込んだ場所も柔らかくほころんで、ごくりと喉を鳴らしてしまった。

風呂場で準備をしたとは聞いたが、それにしてもこんなに抵抗がないものか。

指一本は難なく呑み込んでいくので、もう一本増やしてみた。

指の腹でぐぅっと内側を押し上げると、初めて秋成が声を漏らした。

「あっ」

驚いて手を止める。秋成の声にまるで苦痛の色がなかったからだ。それどころか、鼻にかかった高い声には快感すら滲んでいなかったか。

銀次が息を詰めた気配に気づいたのか、秋成はますます頑なに腕で顔を覆ってしまう。

「……腕をどかしてください」

低い声は我ながら余裕がない。秋成が無言で首を横に振るので、身を乗り出して顔を隠す腕に唇を寄せた。

「見たいって言ったじゃないですか」

腕の内側の皮膚に柔らかく歯を立てると、銀次の指を呑み込んだ部分がうねるように動いた。誘うようなその動きに喉を鳴らし、ゆっくりと指を出し入れする。

「あ、あ……っ、ぅ……っ」

腕の下から聞こえる声は思った通り甘い。もっと聞きたくて抜き差しを早くすると秋成の体がびくびくと震えた。気持ちがいいのか。顔が見たい。もう無理にでも腕を摑んで顔から引きはがしてしまおうかと考えた矢先、秋成が勢いよく腕を下ろした。

「も、もういいから入れろ！」

言うが早いか秋成が銀次の首を抱き寄せてくる。首を締め上げる勢いで抱きつかれ、むせそうになりつつ「よくはないでしょう」と返した。

「もう少し慣らした方がいいのでは……？」

ゆっくりと指を引き抜くと秋成の体に震えが走った。もう一度押し込もうとしたが、

「前々から準備してたから大丈夫だ！」と耳元で叫ばれて動きを止める。

秋成は羞恥を嚙み殺すように低く唸って銀次の肩に顔を埋めた。

「……実家を出てから、ずっと準備してたから。風呂に入ってるときとか、ね、寝る前とかに……」

衝撃に息が止まりそうになった。一年以上同じ屋根の下で暮らしていたのに、秋成がそ

んなことをしていたなんてまったく気づかなかった。

秋成と銀次の部屋は廊下を挟んだ相向かいにある。秋成はいつも銀次より先に休んでしまうので眠る前は特に声をかけることなく自室に戻っていたが、そんなときもドアの向こう側で準備とやらが行われていたということか。

自分に抱かれるために、こんなふうに内側がうねるほど。

想像したら下腹部がずしりと重くなった。獣のように息が荒くなる。声が上ずってしまいそうで口をつぐめば、その沈黙をどう勘違いしたのか秋成がか細い声を上げた。

「……幻滅したか」

「まさか」

それどころかひどく興奮している。

せめて荒い息を整えようと深呼吸を繰り返していると、ぐす、と鼻をすする音がした。興奮から一転、冷や水を浴びせられた気分になる。

「どうしました！」

「本当はいやらしい奴だと思ってるんだろう……！」

「思ってません！」

慌てて秋成の顔を覗き込む。見下ろした顔が涙で濡れていて心臓が竦み上がった。おっかなびっくり濡れた頬に指を伸ばすと、その手をしっかりと摑まれる。

「もう、何度もお前にプロポーズして振られてきた。だからきっと、二十歳の誕生日に告白しても断られると思ってたんだ」

睨むようにこちらを見上げる秋成の目に新たな涙が浮かぶ。眼球を覆う水の膜がゆらゆらと揺れて、月を映した池の面のようだと思った。

「でも、なんだかんだ銀次は優しいし私に甘いから、最後に思い出が欲しいとか泣きついたら一度くらい抱いてもらえるんじゃないかと思って……。万が一そういう雰囲気になったら、すぐできるように……」

満々と水を溜めていた秋成の目から涙がこぼれ落ちた瞬間、銀次がこれまでなんとか胸の内にせき止めていたものも一緒に決壊した。

まさかそんな健気なことを考えているとは思わなかった。自分など秋成にそこまで思われるほどの人間ではないのに。

秋成が自分のような人間に目を留めてくれたのはある種の奇跡かもしれない。

いや、真実奇跡だ。

こうして何度も生まれ変わっては巡り会い、そのたびに恋をして、今ようやく手が届いたのだ。これが奇跡でなくてなんだろう。

「――俺だって前世からあんたに惚（ほ）れてるんですよ」

気がつけば、そんな言葉が口から溢れていた。

興奮しすぎて脅しつけているかのような低い声が出てしまったが、それを耳にした秋成は目を見開いて、くしゃりと笑う。

「前世からか」

「ええ」

「今も」

「そうです」

そうか、と面映ゆそうな顔で笑う秋成を見て、本当にもう限界だとシーツの上に放り出されていたゴムを鷲掴み(わしづか)にした。パッケージを開けるのももどかしくそれをつけ、秋成の膝の裏に腕を入れて大きく脚を開かせる。

「なるべく、ゆっくりするので」

心臓の音がうるさくて、自分の声がやたらと遠く聞こえた。

まだ涙で濡れた秋成の頰に唇を寄せ、窄まりに切っ先を押しつける。

「あ……っ、あ、あ……っ」

先端が熱い肉をかき分ける。事前に準備をしてくれていたおかげか、内側は柔らかく銀次を受け止め、うねるように締めつけてくるので息を詰めた。

思い切り突き上げたい衝動を必死でやり過ごし、じりじりと腰を進めた。

「う……っ、く……」

秋成が苦しそうな声を上げたので、奥歯を噛んで動きを止めた。なんとか息を整え、秋成の頬や目元に唇を寄せる。

「すみません、苦しいですか」

汗で額に張りついた前髪をかき上げて尋ねると、固く目をつぶっていた秋成がうっすらと瞼を上げた。苦しいに決まっているのに、秋成はとろりと潤んだ目で銀次を見上げ、「嬉しい」と頬を緩ませる。

演技ではなく幸せそうな顔を見たら、いよいよ自分を律しておくのが難しくなった。奥歯を噛んで、またゆっくりと自身を押し込む。

「あっ、あ……っ、あぁ……ん」

ゆるゆると腰を前後させると、目の奥と同様、秋成の声も溶けてきた。その声に煽（あお）られ、だんだん秋成を気遣う余裕がなくなってくる。

「あっ、ひ……っ、ぎ、銀次……っ」

「……っ、はい……っ」

秋成を揺さぶりながらも律儀に返事をすると、首に回された腕に力がこもった。キスをねだられ、噛みつくようにその唇をふさぐ。

「ん、んぅ……っ」

口の中を食い散らかすようなキスをしながら突き上げた。

絡みつく柔らかな肉を振り切って、もっと奥まで突き入れたい。そんな凶暴な衝動をどうにかやり過ごし、秋成の下肢に手を伸ばした。

「んぅっ！　はっ、あ、や……っ」

互いの腹の間でこすれていた秋成の性器は緩く勃ちあがっている。軽く扱くとあっという間に硬くなって、涙交じりの声が上がった。

「や、やだ……っ、それ……あっ、あぁ……っ」

「気持ちよくないですか」

「い、いい……っ！　いいから……っ、あっ！」

秋成の背中が弓のようにしなる。内側も絞るようにきつく絡みついてきて、銀次は喉を鳴らした。

「俺も……っ、いいです。とんでもなくいい……」

吐息交じりに囁いて、秋成の唇を軽く噛んだ。秋成の体が震え、内側も呼応するようにうねりを上げる。

セックスなんて久しぶりだが、こんなに興奮するものだっただろうか。感じ入って震える秋成を見ているとそれだけで頭が沸騰しそうになる。

秋成も同じくらい感じてくれているだろうか。少しでも快楽を拾ってほしくて屹立を扱く手を速めると、秋成が喉をのけ反らせた。

「あっ、あ……っ、あぁ……っ！」

締めつけが強くなる。晒された喉元に唇を寄せて軽く吸い上げると喘ぐ声に涙が交じった。たまらないと言いたげに首を振るさまが悩ましく、突き上げる動きがますます大きくなってしまう。

「銀次、銀次……っ、銀――……っ」

涙で溺れそうな声で名を呼ばれ、乱れた息の下から、はい、と返事をした。

安心したように秋成の体が緩んで、いっそう深く突き上げる。

「あっ、あぁ……っ！」

秋成の背が大きくしなったと思ったら、手の中でその欲望が弾けた。

「……っ！」

ひときわ強く締めつけられて奥歯を噛む。搾り取られるようだ。急速に駆け上がってきた射精感に抗えず、低く呻いて吐精した。

どっと体が重くなってそのままベッドに突っ伏してしまいそうになったが、体の下で秋成が小さく震えているのに気づいて慌てて身を起こした。

「秋成様、大丈夫ですか？」

秋成は焦点の合わない目で宙を見て、返事とも言えない短い声を返してくるだけだ。夢から覚めたばかりのようにも見える。

銀次は手早く後始末をして、寄り添うように秋成の隣に身を横たえる。そっとその体を抱き寄せると、ようやく秋成の目がこちらを向いた。

「すみません、無理をさせました」

ぼんやりとこちらを見る秋成に真摯に詫びると、秋成もようやく我に返ったように瞬きをした。

「ああ……うん。大丈夫だ」

いつもより少し掠れた声で答え、じっと銀次の顔を見詰めてくる。

「本当に大丈夫ですか？　どこか具合でも……」

言葉の途中で、ちゅっと軽やかな音を立てて唇にキスをされた。

目を丸くする銀次を見て、秋成は悪戯が成功したような顔で笑う。

「これからは銀次に急にこんなことをしても許されるんだよな。恋人同士なんだから」

「は……い。はい、もちろん」

不意打ちに上手く対処できず硬い声で返すと、秋成がはにかんだように笑った。

「夢みたいだ」

その表情と仕草があまりにも可愛らしかったので、何かに突き動かされるように秋成を胸の中に閉じ込めてしまった。それだけでは足りず、秋成の額や頬や鼻筋や、所かまわず顔中にキスを落とす。

ふふ、と柔らかな声を立てて笑いながら秋成はキスを受け止めてくれる。その頭を胸に抱え込み、嚙みしめるように呟いた。

「俺こそ、夢みたいです。明日目が覚めて全部夢だったりしたら、もう立ち直れません」

「怖いことを言うな」と笑ってから、秋成はふと真顔に戻る。

「でも、朝起きてベッドに自分一人だったら夢と疑うかもしれないな……。銀次、先に起きても絶対にベッドから出るなよ」

「わかりました」

「どうしてもベッドを出るときは起こしていけ」

「はい。声をかけますから、ちゃんと起きてくださいよ」

うん、と満足そうに頷いて、秋成は銀次の胸に顔をすり寄せる。

「ここ、やっぱり痣になってるな。痛くなかったか？」

「そういえば、興奮していて痛みも感じませんでしたね」

「無理するな。痛かったら離れるぞ」

「それは嫌です」

秋成を抱き寄せると、「嫌か」とひどく嬉しそうな声で言われた。

「銀次に我儘を言われるのはいいな。これまでは私の我儘を聞いてもらうばかりだったから」

しみじみとした声音で呟いて、秋成が銀次の胸に顔を寄せてくる。

護衛が対象者に対して我儘なんて言えるわけがありませんからね、と返そうとしたが、秋成が眠たそうな瞬きをしているのを見て口を閉ざした。代わりに後ろ髪を撫でる。

秋成は気持ちよさそうに目を閉じて、そのうち静かな寝息を立て始めた。

疲れていたのだろう。病室に来てくれたときもうたた寝をしていたし、昨日はあまり眠れていなかったのかもしれない。そうでなくとも、前世の夢を見るようになってからは寝つきが悪くなったと言っていた。

しばらく秋成の寝顔を見守ってから、ベッドサイドに手を伸ばしてスタンドライトを消す。もう一度ベッドに潜り込み、しっかりと秋成を抱き直した。

柔らかな体温を抱きしめながら、明日のことを考える。

明日から、自分はどうやって生きていこう。

秋成を守って死ぬという人生の目的はもう捨てた。何か新しい目標を立てなければ。

秋成からは護衛を外れるよう命じられているが、あの言葉は今も有効だろうか。銀次を危険から遠ざけるためにああ言ったのであれば、撤回される可能性は大いにある。

このまま秋成の護衛を続けようか。ハウスキーパーの仕事を極めるという道もある。あるいは公私混同を避け、御堂家とはまったく関係のない現場で警護の仕事をしてもいい。

秋成とともにいられるのであれば、どれを選んだって構わない。

秋成の髪に鼻先を埋め、銀次はゆっくりと目を閉じる。昨日は病院でたっぷり眠ったはずだが、眠気はあっという間に銀次を包み、眠りの縁に誘い込む。

寝入り端、短い夢を見た気がした。

色のないモノクロの夢の中、たくさんの人が目の前を横切っていく。だがその目鼻立ちは曖昧で、誰が誰だか見分けがつかない。遠ざかる背中をぼんやりと見送っているうちに辺りが暗くなってくる。

夢の終わり、暗闇の奥で赤い光が瞬いた。

ビルの屋上で光る赤いランプのようなそれに、一瞬だけ意識が浮上して目を開ける。

自分の体の輪郭すら曖昧な闇の中、腕の中で秋成が深い寝息を立てている。その気配を全身で感じ、深く息をついた。

赤い石は砕けた。秋成も自分も、きっと前世の夢はもう見ない。

もしかしたら来世だってないかもしれないから、今生では飽きるほどこの人と過ごそう。

抱き合って、夢も見ないほど深く眠ろう。

自分の命はこの人のためにある。

ともに生きていくためにある。

銀次はしっかりと秋成の体を抱き直し、今度こそ深い眠りに落ちていった。

あとがき

小説の登場人物の名前が覚えられない海野です、こんにちは。

登場人物が増えれば増えるほど混乱します。雪山遭難系のミステリーなどは閉鎖空間にいきなり八人ぐらい乗り込んできて、誰かが殺され誰かが消えて、みんなが誰かを疑っているが、この人どこの誰だっけ……？　と途方に暮れることがままあります。

翻訳ものはもっと混乱します。カタカナの名前もなかなか覚えられないのですが、舞台が後宮などで漢字の登場人物しか出てこない物語も難易度が高いです。カタカナの名前よりは漢字の持つイメージが登場人物を特定しやすくしてくれるのですが、今度は読み方がわからなくなるという罠が。

でもいつか、私も後宮ものの小説が書いてみたい。しかし名前が決められないし、下手したら作者である私自身が登場人物の名前を覚えられない。やはり私のようなポンコツにはハードルが高すぎるのか……。

いや、舞台は現代日本だけど、前世で後宮的な場所で出会った二人を書けばいいのでは⁉　そうしたら名前とか難しいことを考えなくていいのでは——！

という姑息な考えから生まれた今作ですが、お楽しみいただけましたでしょうか。

いろいろな時代の美味しいシーンをつまみ食いするかのように書き進めたので、私自身は大変楽しく執筆いたしました。現代パートと現代過去パート＋前世四種が入り乱れるので「あっ、これ書き上げるの大変だな⁉」と途中で気づいて絶望したりもしましたが、最後まで書ききれて本当によかったです。

そんな入れ子構造のようなお話のイラストを担当してくださったサマミヤアカザ先生、本当にありがとうございました！　秋成がとんでもない美丈夫で、これは銀次もひれ伏すはずだと興奮しました。強面の銀次も格好よくて眼福です！

そして末尾になりますが、本作をお手に取ってくださった読者の皆様に深く御礼申し上げます。珍しく全編攻視点のお話でしたが、いかがでしたでしょうか。何度生まれ変わっても年下の主人にお仕えする苦労人のお話を楽しんでいただけますと幸いです。

それではまた、どこかでお会いできることを祈って。

海野　幸

海野幸先生、サマミヤアカザ先生へのお便り、
本作品に関するご意見、ご感想などは
〒101-8405
東京都千代田区神田三崎町2-18-11
二見書房　シャレード文庫
「護衛と坊っちゃん〜生まれ変わってもお仕えします〜」係まで。

本作品は書き下ろしです

護衛(ごえい)と坊(ぼ)っちゃん〜生(う)まれ変(か)わってもお仕(つか)えします〜

2024年6月20日　初版発行

【著者】海野幸(うみのさち)

【発行所】株式会社二見書房
東京都千代田区神田三崎町2-18-11
電話　03(3515)2311［営業］
　　　03(3515)2313［編集］
振替　00170-4-2639
【印刷】株式会社 堀内印刷所
【製本】株式会社 村上製本所

落丁・乱丁本はお取り替えいたします。
定価は、カバーに表示してあります。

ISBN978-4-576-24041-1

https://www.futami.co.jp/charade

今すぐ読みたいラブがある！

海野 幸の本

王子と護衛

～俺は貴方に縛られたい～

――では、仕置きは夜に

イラスト＝Ciel

警備会社で要人警護を担当する國行は怪我をも厭わず完璧に任務を遂行する優秀な社員だが、実は痛みに快感と安堵を覚えるSub。その國行が出会ったのは、生まれながらに他人を使役する威厳を兼ね備えた中東の王子ラシード。理想のご主人さまにSubと認められ、國行は期間限定の被支配関係を持つことに…。